北欧神话ABC

（大字版）

茅 盾 著

中国大百科全书出版社 知识出版社

图书在版编目（CIP）数据

北欧神话 ABC：大字版 / 茅盾著 . -- 北京：知识出版社，2023.5

（快乐读书吧）

ISBN 978-7-5215-0818-5

Ⅰ . ①北… Ⅱ. ①茅… Ⅲ . ①神话—作品集—北欧 Ⅳ . ① I530.73

中国国家版本馆 CIP 数据核字（2023）第 084173 号

北欧神话 ABC：大字版

茅盾 著

丛书策划 李默耘
图书统筹 李现刚
责任编辑 朱金叶
责任印制 李宝丰
出版发行 知识出版社
地　　址 北京市西城区阜成门北大街 17 号
邮　　编 100037
网　　址 http://www.ecph.com.cn
电　　话 010-88390659
印　　刷 文畅阁印刷有限公司
开　　本 787 毫米 ×1092 毫米 1/16
字　　数 80 千字
印　　张 7
版　　次 2023 年 5 月第 1 版
印　　次 2023 年 5 月第 1 次印刷
书　　号 ISBN 978-7-5215-0818-5
定　　价 32.80 元

赠阅

快乐读书吧

阅读与写作指导手册

北欧神话ABC（大字版）

经典选本　培养智慧　快乐阅读　精美彩插

1. 以教学大纲为钥，以点带面，帮你打开名著阅读的大门
2. 授人以渔，师长技，教窍门，提高阅读和写作技巧
3. 高效阅读笔记，积累好词好句，让好习惯成为自然
4. 模拟考题，读练结合，提高解题能力，让阅读更有效

课前热身

作者简介

所谓北欧神话，是指古代斯堪的纳维亚人或北欧人的原始信仰及对自然的观察和认知，其英雄传说也包括在内。关于此部分神话的最早且最重要的传述者和增饰者，学者们有两种意见：一种意见出于挪威的古诗人，因为保存了大部分神话材料的《大埃达》（或称《韵文埃达》）中所述之风俗、法律、方物，均似属于较南方的挪威；另一种意见出于冰岛的古代吟唱诗人，这是因为大家公认，直到十四世纪，冰岛的吟唱诗人对北欧文学的发展还是极重要的促进者，而且相传编辑《大埃达》的萨蒙德（1056—1133）也是从冰岛搜集材料的，而公布《大埃达》的勃利尼奥夫·斯维因松主教则是生活在十七世纪的人，所以北欧神话之见之于世是很晚的事。

概述

北欧神话，又称挪威神话（Norse Mythology），是斯堪的纳维亚地区所特有的一个神话体系，其形成时间晚于世界其他几大神话体系，其口头传播历史可追溯到公元1—2世纪，最早在挪威、丹麦和瑞典等国流行，公元7世纪左右随着一批北上的移民传至冰岛等国家和地区。

中世纪时，基督教在挪威盛行，由于在政治上受到强力打压，大部分记载北欧神话的作品被认为是异端邪说而被付之一炬。（此处有争议，北欧诸国改信基督教后，其自身与传统神话的断绝是较为彻底的，不能单纯地归结于基督教对于传统神话的打压。）

事实上，很多北欧神话得以保存至今，要归功于当时部分北欧基督教教士对其的整理保留，以北欧神话为背景的著作至今保留得较为完整的有冰岛史诗《埃达》，日耳曼史诗《尼伯龙根之歌》，以及用古挪威语写成的《萨迦》等。

北欧神话与埃及、印度、中国及希腊神话的风格截然不同，北欧神话中的神不是万能的，世界也不是永恒的。

众神之王奥丁穿过迷雾之森，见到了守护世界树的智者密米尔，以一只眼睛为代价，喝到了一口智慧之泉的泉水，从而得到了大智慧，并得到了由洛基请侏儒所制作的由世界树的枝丫做成的流星之枪冈古尼尔，枪身上刻着神圣的契约："持有此矛者，将统治世界。"这就是他成为神王的理由。可见北欧神话更贴近现实。

北欧神话是一个多神系统，大致上可分成五个生命体系：巨人、诸神、精灵、侏儒，以及凡人。其中巨人创造了世界，生出了众神、以主神奥丁为首领的阿斯加德神族，以及以大海之神尼奥尔德为首领的伐纳神族。精灵及侏儒属于半神，他们为神服务，属于日耳曼地区神话体系中特殊的创造。

北欧神话较为突出的特点是由它的地理位置决定的。首先，由于斯堪的纳维亚半岛地处北极地区，终年寒冷，因此冰霜巨人在神话中的地位很高，其常常令众神感到头痛不已。其次，关于灭亡与重生的观点影响最大，不像其他神话体系，北欧神话中的神不是永生的，其本身也要面临灭亡的命运，如奥丁为了获得知识牺牲了左眼，被吊在树上九夜。最后，北欧神话相信万物消亡后，新的生命将再次形成，世界上的一切都是循环的。

作品主题

地理学上的北欧，包括今日的瑞典、挪威、丹麦、冰岛和芬兰等国，但一般所称的北欧神话并不包括芬兰，因为芬兰有自己的神话。北欧神话中有许多部分十分特别，大部分神话都会描写创世的荣光，但北欧神话却着力描述世界的毁灭。神话中的神是会老死的，也是不完美的。这是北欧神话和世界其他神话最不一样的地方。再者，北欧神话相信万物消亡时，新的生命将再次形成，世界上的一切都是循环的。

主要神明介绍

◎奥丁

奥丁是众神之王，世界的统治者。他头戴大金盔，肩上栖息着两只神鸦，分别象征“思想”和“记忆”。它们每天早上飞遍全世界，回来向奥丁报告它们的见闻。奥丁脚下蹲伏着两只狼，名为“贪婪”与“欲念”，专司警卫之责。为了增加聪明才智，预测未来，更好地进行统治，奥丁一心要喝智慧井里的水，即世界之树根旁的圣泉。但守护这口井的巨人密米尔的头颅要奥丁以一只眼睛作为代价，奥丁不假思索，当即挖掉一只眼睛。喝了井水后，奥丁就变得博学多才。他发明了北欧古文字，司命运的仙女即用这种文字把命运记载在盾上，即著名的一切魔法的源泉——卢恩文字。

◎弗丽嘉

弗丽嘉是婚姻之神，掌管婚姻和家庭。她是奥丁的妻子。在天堂和冥府中都有统治权。她容貌美丽，金色的头发中间夹着白色的羽毛。身着束着金色腰带的白袍，腰带上挂一串钥匙。她喜欢漂亮的服装和闪光的珠宝。她曾偷了奥丁的黄金去买一串贵重的项链，奥丁发现后愤而出走，阿斯加德随即为冰霜巨人所统治，严冬窒息了一切生机，直至奥丁回到阿斯加德，这场危机才过去。

◎托尔

雷神托尔，女巨人乔迪的儿子。托尔身材魁梧，膂力过人，他长着一双豹眼、满脸红胡子，手中执着雷锤米约尔尼尔（Mjollnir，即雷神之锤），戴着铁手套雅恩格利佩尔和腰带梅金吉奥德。托尔常年在东方边境抵御冰霜巨人和巨蟒的侵袭，保卫众神的家园。托尔刚正不阿并敢于顶撞奥丁，脾气暴躁但豪迈行侠。众神末日来临时，托尔与中庭巨蟒尤蒙刚德再战，与巨蟒同归于尽。

在现代艺术创作中，托尔往往以奥丁儿子的身份出现，在《诗体埃达》和《散文埃达》的记载中也明确说明他们是父子关系。

◎希芙

希芙是雷神托尔的妻子，是土地和收获女神。特别值得称道的是，她有一头金色的长发，闪耀着比金子还要美丽的光泽。希芙女神为此感到非常自豪，经常坐在她的花园中梳理那一头金发，这就引起了洛基搞恶作剧的念头。洛基在希芙睡觉的时候，把她引以为傲的一头金发剪得一干二净。洛基的恶作剧让希芙非常悲伤。就在希芙哭泣的时候，雷神托尔回到了家中。托尔知道了这是洛基干的坏事，于是冲出家门抓住了洛基，想要把他身上的骨头拆下来。洛基疼痛彻骨，拼命求饶，发誓去找侏儒国中的能工巧匠，为希芙打造一副一模一样的能够自由生长的金子头发。托尔的雷神之锤亦是洛基此行一并让侏儒工匠打造出的神器之一。

◎芙蕾雅

芙蕾雅是繁育女神、欲望女神。掌管生育和爱情，伐纳神族，是弗雷的妹妹。她十分美丽。因为冰天雪地里的人们热切盼望着春天的来临，她常浓妆艳服，花枝招展，有时全副甲胄，披挂上阵，率领众仙女为奥丁遴选死难英雄。尽管她忠于丈夫奥都尔，但她爱慕虚荣，曾为了一条黄金打造的项链忍受矮人的凌辱。部分学者认为，在古老的日耳曼神话体系中，她和弗丽嘉是同一个女神，而奥丁和奥都尔是同一个男神。

◎海姆达尔

海姆达尔是神界的守护神。又名里格，长着满口金牙，眼光敏锐深远，能眼观四路，无论白天黑夜都能看很远，还能耳听八方，伏在地上能听得见青草生长的嘶嘶声。他日夜守护着天界入口要道比弗罗斯特彩虹桥，防御冰霜巨人的侵袭。他骑着金鬃马，肩背奥拉尔号角，遇有紧急情况便吹起号角，召唤众神前来应付。众神末日来临时，海姆达尔与洛基同归于尽。

◎巴尔德

巴尔德是奥丁与弗丽嘉的儿子，光明之神。他才貌出众，满面春风。当他微笑的时候，人们都感到无比喜悦。他做过一个噩梦，预感到自己将遭人暗算。众神为此着急，巴尔德的母亲弗丽嘉走遍九界，严令一切鸟兽草木都不得伤害巴尔德。弗丽嘉却没有传令给槲寄生，因为她觉得这种脆弱无能的植物不需要加以防范。洛基却利用这可乘之隙，用槲寄生做成利箭，利用黑暗之神霍德尔，将巴尔德杀死了。

◎弗雷

弗雷是丰饶、兴旺、爱情、和平之神，美丽的仙国亚尔夫海姆的国王，属于伐纳神族。一说他和巴尔德同为光明之神，或称太阳神。他麾下的小精灵在全世界行善。他常骑一只长着金黄色鬃毛的野猪出外巡视（黄金野猪是洛基与侏儒打赌而产生的）。人人都享受着他恩赐的和平与幸福。他有一把宝剑，光芒四射。他还有一只袖珍魔船，必要时可运载所有的神和他们的武器。

◎洛基

洛基是火神、恶作剧之神、智神，奥丁的结拜兄弟。洛基是巨人之子，野火的主人。他长相俊美，能言善辩，但他的孩子们却都是众神的大敌，如巨狼芬里尔、巨蟒尤蒙刚德和死境之主赫尔。他貌似和善，实则经常惹事生非。一开始，他只是为戏谑而戏谑，如偷偷地剪下希芙的头发。后来，他开始肆无忌惮地为非作歹，怂恿黑暗之神霍德尔谋杀光明之神巴尔德。因此，他被惩罚，被铁链捆住，蛇之毒液不停地滴在他的脸上，让他的面孔变得无比狰狞。

◎提尔

提尔是战神，奥丁之子，另说他是巨人希密尔之子。他是契约的担保人，盟誓的监督者。当其他的神为了将巨狼芬里尔捆绑起来的时候，提尔作为信用的保证人将手臂伸进巨狼的嘴里。巨狼发现绑它的众神实际上是设下圈套，便咬断提尔的手臂。从此，提尔成了独臂神。他身佩宝刀，威风凛凛。古代按刀盟誓的习俗即起源于北欧人对战神提尔的崇拜。许多传统的舞蹈，都是为纪念战神提尔而编导的。

题材介绍

《北欧神话 ABC》以神话传说为题材。北欧神话题材的特点是虚幻性、荒诞性和现实性的有机结合。神话实际上是生活在原始社会的人对原始社会生活的曲折反映，今人以此为题材进行写作，应根据现实社会的历史条件进行再加工和提炼，达到为现实服务的目的。

神话反映的是人们对自然及社会现象的想象。它的特点是：富有神奇的幻想和奇异的色彩；神话中的人或神都具有超人力量；情节比较曲折，语言生动，形象鲜明。

阅读指导与规划

《北欧神话ABC》中，诸神与巨人之间不断的冲突、斗争，一定会引发两大势力的最后决战。到那时候，不但所有目所能见的创造物将要毁灭，连“巨人国度”“妖精之乡”和“中庭”的居民，“诸神国度”和“死人之国”的诸神，都将随他们所居的世界而归于毁灭。这世界的末日——Ragnarok——神之劫难，是无论如何都避免不了的。走进其中，感受着每一个神创造的精彩故事，读起来让人欲罢不能，非得一口气读完方可罢休。

《北欧神话ABC》阅读方法小提示：

浏览目录，掌握《北欧神话ABC》这部作品的结构。

初步阅读整本书，先按照阅读计划读完《北欧神话ABC》全册，了解各章节的主要内容。边读边做阅读笔记，将主要人物和事件记录下来。

完成阅读后再进行整本书的回顾总结，勾画其中的精彩片段，对重点的人物描写或环境描写等片段进行赏析。

在自主、合作、探究的过程中畅谈阅读收获，加深对作品的理解，养成良好的阅读习惯，扩大阅读面。

阅读规划表

在阅读之前，先给自己制订一个阅读计划，接下来再打开北欧神话的大门，走进一个个神话人物的世界吧！

第一天	《绪言》和《天地创造之神话》
第二天	《众神之王奥丁》和《众神之后弗丽嘉》
第三天	《雷神托尔》和《勇敢及战争之神提尔》
第四天	《夏与冬之神》和《光明神与黑暗神》
第五天	《美与爱之神芙蕾雅》和《命运女神》
第六天	《神之劫难》

写作采蜜

人物采蜜

北欧神话中涉及众多人物，每个人物的故事都很精彩。如果要记住那么多人物，根本不可能，怎么办呢？我们可以用表格的形式，也可以借助思维导图的方式，弄清楚人物之间的关系。

<table>
<tr><td>时间</td><td></td><td>页码</td><td></td><td>作者</td><td></td></tr>
<tr><td>人物</td><td colspan="3">特点</td><td colspan="2">评价</td></tr>
<tr><td></td><td colspan="3"></td><td colspan="2"></td></tr>
<tr><td></td><td colspan="3"></td><td colspan="2"></td></tr>
<tr><td></td><td colspan="3"></td><td colspan="2"></td></tr>
<tr><td></td><td colspan="3"></td><td colspan="2"></td></tr>
<tr><td></td><td colspan="3"></td><td colspan="2"></td></tr>
<tr><td></td><td colspan="3"></td><td colspan="2"></td></tr>
</table>

时间		页码		作者	
人物	特点			评价	

北欧神话
Yddgrasil

- 阿斯加德（Asgard）
  - 神们居住的国度
  - 由彩虹桥与人类世界米德加尔特相连
- 伐纳海姆（Vanaheim）
  - 伐纳神族居住的地方
  - 万物生长、繁殖，有海风吹过大陆
- 亚尔夫海姆（Alfheim）
  - 光之精灵的国度
- 米德加德（Midgard）
  - 中庭世界，人类居住的地方
  - 气候适宜，人类在这里安居乐业
- 尤滕海姆（Jötunheim）
  - 霜巨人居住的地方
  - 从人类世界通往巨人国度的道路尽头是一片地标性的铁森林（Jamvid）
- 尼弗尔海姆（Niflheim）
  - 雾之国，即尼伯龙根
  - 终年充满浓雾与寒冷的地方
  - 与火之国穆斯贝尔海姆隔岸相对
- 穆斯贝尔海姆(Muspells–heim）
  - 火之国，位于金伦加鸿沟的南边末端，中日灼热
  - 火巨人（也被某些翻译称为巨魔）的国度
- 斯瓦塔尔法海姆（Svartalfaheim）
  - 侏儒居所，侏儒，亦被称为黑暗精灵、矮人（Dwarf）
- 海姆冥界（Helheimr）
  - 亡者安息之地，死亡之地

“下水游泳”（尝试创作）

想象力是动力的源泉。正如爱因斯坦所说：“想象力比知识更重要，因为知识是有限的，而想象力概括着世界上的一切，推动着进步，并且是知识进步的源泉。”

神话传说是一个民族和国家宝贵的精神财富，在文学史上有着很重要的地位。它的题材和各种神话人物对历代文学创作及各民族史诗的形成具有多方面的影响，特别是它丰富奔放、瑰丽多彩的想象和对自然事物形象化的方法，与后代作家的艺术虚构及浪漫主义创作方法的形成都有直接的渊源关系。它为后世的创作提供了丰富的题材。不仅如此，神话还具有超高的美学价值与历史价值，与远古的生活和历史有密切关系，是研究人类早期社会的婚姻家庭制度、原始宗教、风俗习惯等很重要的文献资料。神话之所以能够吸引我们一直阅读下去，就在于其中美妙的想象力。今天，就让我们也尝试着创造属于我们自己的神话吧！

1. 思考自己喜欢的人物，选出最喜爱的，确定角色

每个人都有自己喜欢的偶像。写作前，先想想自己有哪些崇拜的人物可以向别人介绍。

提示：现实中的人物、动漫故事中的人物、历史书中的人物、名人传记中的人物等。

参照自己确定的人物，构思故事角色，确定大体的情节框架。

敲定角色，确定中心，细化情节。

神话故事最主要的是表现其中心，先想好自己要写什么，例如，你想赞扬某种精神。然后是角色拟定，神话的主人公无非就是人、神和动物，注意不要和童话搞混了。最后编排好故事情节。

神话是远古人民在生产力落后的条件下不能很好地了解大自然和社会、疾病等，而认为自然界万物都是有生命的，并把想象加诸世间万物，才有那么多神的出现，每个神都有特定的属性，如山神、河神、旱神等。然后再经由人们的口耳相传代代传承下来……神话的很重要的特点是，人们在创作时，是以己观物，以己感物……

2. 检查、修改、分享

写完后自己先读一读，看看是否通顺，重点部分是不是写具体了，再改一改。将修改后的作文分享给自己的父母或同学，请他们对它做出评价。

读书笔记

________年____月____日　　星期____　天气______

积累的好词：

积累的好句子：

感想与总结：

同步测验

一、填空题（20分）

1. 最早的北欧文学是属于（　　）。

2. 北欧的神都是（　　）、（　　）、（　　）。

3. 如果我们说南方的希腊神话是（　　），那么，北欧神话便可说是（　　）。

4.（　　）是一切邪恶的霜巨人的始祖。

5. 神们代表（　　），巨人代表（　　），他们绝不可能和平共处。

6. 驾驶太阳和月亮的车，须得两位驭者，（　　）驾驶月车，（　　）驾驶日车。

7. 诸神之领袖（　　）带领诸神所居之地名为（　　）。

8. 奥丁创造了一棵巨大的梣树，名为（　　），是为（　　）、（　　）、（　　），布满整个世界。

9. 北欧神话中的命运女神是诺恩三姐妹，她们的名字分别是（　　）、（　　）和（　　）。

10. 奥丁是北欧神话中的（　　），象征着宇宙间（　　）。

二、选择题（30 分）

1.（　　）是奥丁的秘密侦探。

A. 胡基

B. 两只大鸦

C. 穆宁

2. 奥丁在阿斯加德有三处宫殿，其中一处位于格拉希尔，名为（　　）

A. 瓦尔哈拉

B. 瓦尔基里

C. 伊格德拉修

3. 奥丁的坐骑名为（　　）

A. 密弥尔

B. 史莱普尼尔

C. 冈格尼尔

4. 弗丽嘉的织轮是用宝石装饰的，北欧人称为“弗丽嘉的织轮”，即我们所谓的（　　）

A. 雾之宫

B. 猎户星座

C. 海之宫

5.（　　）是唯一不走虹桥的神。

A. 奥丁

B. 维格尼尔

C. 托尔

6. 洛基向（　　）借来鹰之羽衣，化身为鹰。

A. 托尔

B. 索列姆

C. 芙蕾雅

7. 提尔被说成是独手，这独手的象征意义是（　　）

A. 战争的胜利只属于一方

B. 只能相助一方

C. 刀只有一面锋刃

8. 光明神是（　　），是光明之人格化。

A. 霍德尔

B. 巴尔德

C. 尼普

9. 聚金指环是（　　）的象征。

A. 生产丰饶

B. 光明

C. 苏醒的春天

10 芙蕾雅是在（　　）找到自己的丈夫奥都尔的。

A. 阿斯加德

B. 海之宫

C. 南方的安石榴树下

三、判断题（30 分）

1. 披上鹰之羽衣就可以化身为鹰。（　　）

2. 命运女神织出的巨大命运之网，如果有一条自南向北的红线，那就是死丧的标记。（　　）

3. 北欧神话的特点之一是那些神的生命都是无限的，他们永远也不会面临死亡。（　　）

4. 虹桥的守望者是赫尔莫德。（　　）

四、阅读理解（10 分）

最初，他的行动最初是善恶兼半，并且那恶也并非出于故意，只是“无心之恶”而已。这时的洛基是一位善神。但后来,洛基的“无心之恶”,渐渐成了有意为恶;他成为神与魔的混合品，那时候，洛基便成为代表恶势力的神了。最后他终于成了阿斯加德的叛徒，害死了光明之神巴尔德,受到了诸神的囚禁永受蛇毒侵蚀的惩罚。

洛基因受到被蛇毒侵蚀的惩罚，变得越来越丑陋，他发誓总有一天要挣脱诸神的枷锁向诸神报复……

问题：洛基是北欧神话里面一个充满争议性的神，是北欧神话中的火神，出身于诸神之敌的巨人族。因为受了基督教的影响,他的形象逐渐转变为像撒旦（Satan）一般，变为万恶根源的拟人化。是北欧神话中最会惹麻烦的一位神。对于洛基,读着他的故事,你有什么感触？你是如何评价他的？

五、简答题（10分）

1. 北欧神话是一个多神体系，大体可以分为几个生命体系？具体有哪些？

2. 北欧神话中，神明众多，哪些神明给你留下了深刻印象？（至少写出 5 个）选择其中一个简单说一下理由。

参考答案

一、填空题

1. 冰岛的

2. 庄严、正直、博大的

3. 抒情诗的、悲剧的

4. 勃尔格尔密尔

5. 善的、恶的

6. 玛尼、苏尔

7. 奥丁、阿斯加德

8. 伊格德拉修、宇宙之树、时间之树、生命之树

9. 乌尔德、贝璐丹迪、诗蔻蒂

10. 至高神、无所不在的精神

二、选择题

1.B　2.A　3.B　4.B　5.C

6.C　7.ABC　8.B　9.A　10.C

三、判断题

1. √　2. ×　3. ×　4. ×

四、阅读理解

略

五、简答题

1. 大体可以分为五个生命体系：巨人、诸神、精灵、侏儒，以及凡人。

2. 略。

阅读回执

你是否喜欢这本书	□喜欢　□一般　□不喜欢
你的同步测试的成绩	□优秀　□良好　□及格 □不及格
你最喜欢的小故事是	
你觉得这本书还可以怎样改进?	

快乐读书吧

《和大人一起读》(大字版)　金　波 等著
《读读童谣和儿歌》(大字版)　樊发稼 等著
《小鲤鱼跳龙门》(大字版)　金　近 著
《孤独的小螃蟹》(大字版)　冰　波 著
《一只想飞的猫》(大字版)　陈伯吹 著
《"歪脑袋"木头桩》(大字版)　严文井 著
《小狗的小房子》(大字版)　孙幼军 著
《玩具和我：一起长大的玩具》(大字版)　金　波 著
《愿望的实现》(大字版)　[印]泰戈尔 著　郑振铎　张孝青 译
《稻草人》(大字版)　叶圣陶 著
《格林童话》(大字版)　[德]格林兄弟 著　杨武能 译
《安徒生童话》(大字版)　[丹]安徒生 著　叶君健 译
《中国古代寓言故事》(大字版)　吕伯攸 编著
《伊索寓言》(大字版)　[古希腊]伊索 著　周作人 译
《克雷洛夫寓言》(大字版)　[俄]克雷洛夫 著　朱宪生 译
《北欧神话 ABC》(大字版)　茅　盾 著
《米·伊林 十万个为什么》(大字版)　[苏]米·伊林 著　含　章 译
《看看我们的地球》(大字版)　李四光 著
《美洲神话故事》(大字版)　林丹羽　廖诗忠 编
《中国神话故事》(大字版)　吕伯攸　吴克勤 编
《希腊神话故事》(大字版)　[美]纳撒尼尔·霍桑 著　纪秋山 译
《灰尘的旅行》(大字版)　高士其 著
《人类起源的演化过程：爷爷的爷爷哪里来》(大字版)　贾兰坡 著
《中国民间故事》(大字版)　郑　昶 等编著
《欧洲民间故事》(大字版)　含　章 编译
《非洲民间故事》(大字版)　尚金格 编译
《鲁滨逊漂流记》(大字版)　[英]丹尼尔·笛福 著　刘荣跃 译
《爱丽丝漫游奇境》(大字版)　[英]刘易斯·卡罗尔 著　马爱农 译
《爱的教育》(大字版)　[意]亚米契斯 著　王干卿 译
《童年》(大字版)　[苏]高尔基 著　沈念驹 译
《尼尔斯骑鹅旅行记》(大字版)　[瑞典]塞尔玛·拉格洛夫 著　石琴娥 译
《小英雄雨来》(大字版)　管　桦 著
《汤姆·索亚历险记》(大字版)　[美]马克·吐温 著　姚锦镕 译
《红楼梦》(大字版)　[清]曹雪芹 著
《三国演义》(大字版)　[明]罗贯中 著
《水浒传》(大字版)　[明]施耐庵 著
《西游记》(大字版)　[明]吴承恩 著

本书资料卡

北欧神话，是斯堪的纳维亚地区所特有的一个神话体系，其形成时间晚于世界其他几大神话体系，其口头传播历史可追溯到公元 1—2 世纪，最早在挪威、丹麦和瑞典等国流行，公元 7 世纪左右随着一批北上的移民传至冰岛等国家和地区。

北欧神话与埃及、印度、中国及希腊神话的风格截然不同，北欧神话中的神不是万能的，世界也不是永恒的。

众神之王奥丁穿过迷雾之森，见到了守护世界树的智者密弥尔，以一只眼睛为代价，喝到了一口智慧之泉的泉水，从而得到了大智慧，并得到了由洛基请侏儒所制作的由世界树的枝丫做成的流星之枪冈格尼尔（也称命运之矛），枪身上刻着神圣的契约：“持有此矛者，将统治世界。”这就是他成为神王的理由。可见北欧神话更贴近现实。

北欧神话是一个多神系统，大致上可分成五个生命体系：巨人、诸神、精灵、侏儒，以及凡人。其中巨人创造了世界，生出了众神、以主神奥丁为首领的阿斯加德神族，以及以大海之神尼奥尔德为首领的伐纳神族。精灵及侏儒属于半神，他们为神服务，属于日耳曼地区神话体系中特殊的创造。

北欧神话较为突出的特点是由它的地理位置决定的。首先，由于斯堪的纳维亚半岛地处北极地区，终年寒冷，因此

霜巨人在神话中的地位很高，其常常令众神感到头痛不已。其次，关于灭亡与重生的观点则影响最大，不像其他神话体系，北欧神话中的神不是永生的，其本身也要面临灭亡的命运，如奥丁为了获得知识牺牲了左眼，被吊在树上九夜。最后，北欧神话相信万物消亡后，新的生命将再次形成，世界上的一切都是循环的。

作品主题

地理学上的北欧，包括今日的瑞典、挪威、丹麦、冰岛和芬兰等国，但一般所称的北欧神话并不包括芬兰，因为芬兰有自己的神话。北欧神话中有许多部分十分特别，大部分神话都会描写创世的荣光，北欧神话却着力描述世界的毁灭。神话中的神是会老死的，也是不完美的。这是北欧神话和世界其他神话最不一样的地方。再者，北欧神话相信万物消亡后，新的生命将再次形成，世界上的一切都是循环的。

目录

第一章 绪言

文前小问号

北欧神话发展的历程不可谓不曲折，北欧神话中的神主要做什么呢？最后的结局又是怎样呢？

所谓北欧神话，是指古代斯堪的纳维亚人（Scandinavian）或所谓北欧人（Norsemen）的原始信仰及自然观察，其英雄传说也包括在内。关于此部分神话的最早且最重要的传述者和增饰者（我们不应忘记，传到今天的神话都是经过无名诗人的增饰的），学者间有两种意见：一种意见出于挪威的古诗人，因为保存了大部分神话材料的《大埃达》（Elder Edda）或称《韵文埃达》（Poetical Edda）中所述之风俗、法律、方物，均似属于较南方的挪威；另一种意见出于冰岛的

点评

通过阅读这部分内容，我们可以了解北欧神话的来历。

百科知识

挪威：欧洲北部国家。全称挪威王国。位于斯堪的纳维亚半岛西部。南濒北海，与丹麦隔海相望，西、北濒挪威海和巴伦支海。

字词释义

方物：这里指本地产物，土产。

百科知识

吟唱诗人：原指在凯尔特人中写作颂词和讽刺作品的人，今译吟游诗人。在不同的奇幻作品中，吟唱诗人有着不同的称谓，比如凯尔特吟游诗人、伊莉莎白时代的歌剧演员、吟游书生、吉卜赛舞女、信差、抒情诗人、北地诗人等。其中，北地诗人是北欧神话的传颂者。吟游诗人在很多的小说作品里都带着神秘和空灵的气息，带着超凡脱俗的气质，带着细腻而丰富的情感和源源不断的才华灵感。

古代吟唱诗人，则因为大家公认，直到十四世纪，冰岛的吟唱诗人对北欧文学的发展还是极重要的促进者，而且相传编辑《大埃达》的萨蒙德（Saemund，1056—1133年）也是从冰岛收集材料的。

折中的意见是不问《大埃达》的来历为何（这部古籍也和别的古籍一样，身世很不分明，见下文详述），不过古代冰岛的诗人们对他们祖先的原始信仰及自然观察的“诗的表现”——我们所谓“神话”的作品，曾有过大规模的修订和增饰，则是不容怀疑的。最早的北欧文学确实是属于冰岛的。十一世纪，北欧人被英国人所压迫，从欧陆逃到冰岛的时候，就把他们的神话和诗歌天才一同带了过去；所以如果说冰岛的古诗人对古代神话的保留曾有过很大的功劳，应当是可信的。

前面说过，《大埃达》的编辑者萨蒙德已经是十一世纪末十二世纪初的人了，然而公布这部《大埃达》的勃利尼奥夫·斯维因松主教（Bishop Bryniof Sveinsson）则是十七世纪的人（他得到《大埃达》的抄本是在1642年）。所以北欧神话之见知于世，实在是很晚的事，比起南欧的同僚——希腊神话，要迟了两千年左右的光景。

不仅见世时间迟，而且《大埃达》的假定编辑者萨蒙德及其公布者勃利尼奥夫·斯维因松主教又都是基督徒，所以今天流传的北欧神话已经不能完全算是古代斯堪的纳维亚人的原始信仰之代表。基督教的信仰在古代北欧异教神的血液中潜流。这在多处可以得见，而且也是学者们所公认的。据一般的推测，当开化较晚的北欧人尚未把他们古代原始信仰的故事发展成系统的神话体系的时候，基督教的信仰即已侵入，阻碍了北欧神话的扩大化、精湛化和组织化。因而北欧神话可以说是中途夭折的未完成品。

然而即使如此，现存的北欧神话的躯壳，却已是耸然与斯堪的纳维亚的群山同样粗朴而巨伟。北欧的神都是庄严、正直、博大的，而且这神话也已有了一些整体结构。如果我们说南方的希腊神话是“抒情诗的”，那么，这北欧神话便可说是“悲剧的”。不错，是悲剧的。北欧的神是永远在与危害世界的恶势力——恶神和邪恶的巨人族相斗争的；神们逐渐取得了胜利，但到了后来——可说是到了悲剧的顶点，那早有预言的不可避免的命运，“神之劫难”到来了，于是在对立双方一场恶战之后，神们几乎都灭亡了，恶

点评

“潜流”一词让我们知道：任何文化的发展都需要时间；在时间发展长河中，又是融合的结果。

百科知识

希腊神话：主要由神的故事和英雄传说组成。神的故事包括天地的开辟、神的产生、神的宗谱、神的活动、人类的起源等。

神和邪恶的巨人族也灭亡了。这是悲剧的意味，悲剧的结构，这和散漫的希腊神话迥不相同。这和希腊神话里的神们总是和希腊人一起在地上行走，在林中泉畔嬉戏、恋爱、妒杀，也迥然不同。这就是北欧神话在基调上与希腊神话相异的地方。

如上所述，《大埃达》是保存了北欧神话的重要古籍。光明神巴尔德（Balder）命运的故事、史基尔尼尔（Skirnir）旅行的故事、托尔（Thor）雷锤的故事，都在《大埃达》中。而尤为重要者，是关于尼伯龙根故事的十二首诗，著名的日耳曼诗歌《尼伯龙根之歌》（Nibelungenlied）即脱胎于此。

在《大埃达》之外，还有《小埃达》（Younger Edda），因是散文所著，亦称《散文埃达》（Prose Edda），它也是身世不明的古籍，据说是斯诺里·斯图鲁松（Snorri Sturluson）所传，内容是神话故事、诗品、文法和修辞法。按现在多数学者的意见，认为是斯诺里所写的，当属诗品一章及讨论文法与修辞法的章节，至于神话故事大概是根据前人的著作编订的。然而十四、十五世纪的北欧诗人常引“埃达诗法”云云，而未尝言及斯诺里之名，则又令人怀疑斯诺里撰著编

百科知识

希腊人：东南欧巴尔干半岛的民族。约8000年前，在今希腊境内便有原始人类居住，并不断有新的移民迁入，他们留下了一系列新石器时代遗址。

点评

“迥然不同”告诉我们：民族为何不同？因为文化。每一个民族都有自己的文化个性；个性决定创造性；因为创造，才绵延不绝。

百科知识

尼伯龙根：也称作尼弗尔海姆，在北欧神话中也称作“雾之国”。在北欧神话中，世界初开之际是一片浓雾。北面的末端是尼伯龙根，与之相对的是“火之国”穆斯贝尔海姆，两个国度之间由金伦加界线隔开。尼伯龙根冰冷多雾，连接着冥界，于是这里也成为众多亡魂聚集之地。

订之说，尽皆无稽了。斯诺里所传之本，后又经奥拉夫松（Magnus Olafsson，1574—1636）增订，较原本流行。

《大埃达》最古老的抄本，乃十三世纪之物，而其材料之收集，当不晚于1150年；北欧神话最重要的部分都在《大埃达》中，然而《大埃达》也并不能正确地代表古代斯堪的纳维亚人的原始信仰。“埃达”（Edda）之定名，据说是在1643年。这个词的意义，说者意见各不相同，一说解释为“曾祖母”之意；一说是日耳曼古语“地母”（Erda）一词之讹；还有一说认为北欧诗首句称为“埃达”。近来学者则都认为“埃达”意为“心”或“诗”，大概这个解释比较接近真实，因为《大埃达》的来源，确实是冰岛吟唱诗人的诗歌。和别的民族的古代行吟诗人一样，古代冰岛的吟唱诗人们亦是掇拾了古代的传说而编为诗歌，关于战争的传说更是他们最心爱的题材。这种歌曲，名叫“德拉帕斯”（Drapas）。萨蒙德所采以编成《大埃达》的，可以相信就是这些行吟诗人的创作。

此外，帮助填补了北欧神话材料的，是古代金石器上雕刻的铭文。这都是用北欧最早的文字，即所谓“卢恩文字”（Rune）写的。“Rune”

百科知识

日耳曼古语：日耳曼民族约在公元前750年聚居于斯堪的纳维亚半岛南部以及与此邻近的北海和波罗的海沿岸，讲一种基本上统一的语言，称为原始日耳曼语（又称共同日耳曼语）。日耳曼族语言最古老的历史材料见于公元前1世纪的拉丁文著作。

百科知识

冰岛：欧洲西北部岛国。介于大西洋和北冰洋的格陵兰海之间。北端靠近北极圈。西隔丹麦海峡与北美洲的格陵兰岛相望；东南端距苏格兰。领土绝大部分位于同名岛上。首都雷克雅未克。

百科知识

铭文：题写或铸刻在器物上的记事、颂赞、劝勉等文字。

意为“神秘”。现今所存早期的刻有卢恩文字的文物极少：一为金号角上的铭刻，这两个金号角大概是公元400年至450年间的产物，分别于1634年和1736年在石勒苏益格的加利胡斯（Gallehus）出土；一为挪威的图尼（Tune）地方的石刻。此等铭刻，虽甚简短，但均有神话上的价值。至于年代较后的卢恩文遗物，则所存尚多：在瑞典、丹麦和曼恩岛（Isle of Man）都曾发现大量的雕刻着卢恩文的墓碑、匙、椅、桨等。此种铭文，或为颂神之词，或为恋爱之句，皆为神话片段。

《埃达》因出于基督徒的采辑传述，故其中颇多既非北欧民族也非日耳曼民族的成分。而有着纯正北欧民族风格的，是北欧的史诗——《萨迦》(Saga)。本书最后一节介绍了其中最重要的、被称为“希格尔德传说”的故事，此篇大约成于十二世纪，是著名的北欧民族传说，大概也是当时流行的民间故事。

百科知识

石勒苏益格：包含现今丹麦南部和德国北部的地区。地处北海与波罗的海交界处，曾为重要的商贸枢纽，是连接东欧、北欧、莱恩河畔及大西洋沿岸各地区的中转站。

百科知识

史诗：古代民间韵体叙事文学的一种体裁。各国各民族史诗的背景、内容主旨均有不同。

我的笔记

延伸思考

北欧神话是怎样产生的？是由谁公布于众的？

北欧神话和其他神话的区别是什么？

日积月累

吟唱诗人　同僚　精湛　粗朴　巨伟

掇拾　迥然不同　夭折　潜流　铭文

英雄传说　方物

第二章　天地创造之神话

?文前小问号

北欧神话的产生与自然环境有着怎样的关系？或者说，自然环境对这些神话故事的产生有着怎样的影响？

虽然有几位学者认为北欧人原是从亚洲中部的伊朗平原移居过去的，但是据今天流传下来的北欧神话来看，这些北欧人显然没有从他们的老家带了什么去，他们的神话是在他们的新家（如果他们确实是从伊朗平原迁移来的）创造而成的。新家的气候和地形，在他们的神话故事上刻下了明显痕迹。

这些北欧的原始人，在他们最初谛视着自然现象而索解的时候，就已经觉察到两种截然相反，然而又同样吸引他们注意的现象：一方面是

百科知识

伊朗：是一个具有5000多年历史的文明古国，古称波斯。公元前6世纪，古波斯帝国盛极一时。

字词释义

索解：寻求解释。

巨伟粗朴的冰川、惨淡的阳光、北极光的耀亮、常在发怒似的大海、雪堆似的巨浪打击着高耸的崖石和冰山；而另一方面呢，是那个短促的夏季的蓝天和碧海，长在的光明和几乎可说是奇迹的植物的荣茂。寒冷和温暖的对比是如此强烈！无怪乎原始的冰岛人会设想这个宇宙是冰与火奇怪地混合在一起而创造成的了。

前面已经说过，北欧神话是庄严而富于悲剧性的。这也是辛苦地和自然斗争的北欧人想象出来的必然结果。他们在冰天雪地中渔猎时所受的危险，在长而寒冷的冬季所受的痛苦，当然会引导他们想象寒冰与霜雪是宇宙间的恶势力，而且以同样的理由，他们又会将热与光明视为善势力。并且，北欧人因生活关系而养成的严肃的头脑又自然而然地以为宇宙间的善与恶的势力是在不断地斗争着。这代表善势力的神们和代表恶势力的巨人们之间的斗争，就成为北欧神话的主要“骨骼”。

在这种观念之下，古代的北欧人编成了他们的天地创造的故事：

他们以为最初，还没有地、没有海，也没有空气，一切都是包孕在黑暗之中的时候，有名为“万物之主宰”奥尔劳格（Orlog）的力存在

比喻

比喻：表示两种不同程度的事物，彼此之间有相似点，使用一事物来比方另一事物的修辞方法。在本文中，作者将“巨浪”比作雪堆。

点评

人性向善，向善的过程，就是善与恶斗争的过程。阅读着神话，感受着神仙们的善恶争斗，从中汲取善的力量以成长自我。这就是阅读的力量。

着。它是不可见的、不知从何而来的，然而存在着的。

他们以为在太始的时候，在广漠太空的中央，有大鸿沟“金伦加”（Ginnungagap），被永在的微光包围着。鸿沟北方是雾与黑暗之国“尼弗尔海姆”（Niflheim），此中有不竭之泉源“赫瓦格密尔”（Hvergelmir），仿佛是一口装满沸水的大锅，向十二道名为“埃利伐加尔”（Elivagar）的大川供给水源。当这十二道大川的水滔滔奔来的时候，为沟中倾泻而出的冷气所激，立刻冻成了冰山，覆盖堆积在无底鸿沟的边缘，又滚落其中，发出雷鸣般的巨响。

鸿沟之南，正对着尼弗尔海姆的，是真火之国穆斯贝尔海姆（Muspells-heim），火焰巨人苏尔特尔（Surtr）镇守于此。这位巨人常以他的冒火星的大刀砍击那些滚落鸿沟的冰山，发出“嚓嚓”的巨响，那些冰山因受热融化了一半。融冰所冒出的水汽向上升腾，复为那四周的冷气所袭，凝而为寒霜，越积越多，终于填满了广漠太空的中央。这样，由于冷与热的不断交替，或竟由于那不可见亦不知其由来的“力”——所谓“万物主宰”——的意志，一个庞大无比的巨人，名为伊密尔（Ymir），或名奥尔格尔密

百科知识

太始：古代指天地开辟、万物开始形成的时代。

点评

这里其实描述了一个物理现象：凝固。凝固是指在温度降低时，物质由液态变为固态的过程，物质凝固时的温度称为凝固点。

点评

这里也描述了一个物理现象：凝华。指物质跳过液态直接从气态变为固态的现象。它是物质在温度和气压低于三相点的时候发生的一种物态变化。凝华过程物质要放热。

尔（Orgelmir），从鸿沟周围的冰山中诞生了。因为他是从寒霜中产生的，故亦被称为霜巨人（Hrimthurs）。这实为冰冻的海洋之人格化。

和伊密尔同一来源且同一材料的，是一头名为奥德姆拉（Audhumla）的大母牛。它的乳房喷出四股极粗的乳汁，供给着伊密尔的食粮。母牛转而求食物于身边的冰山，以它的粗舌舔舐冰上的盐，久而久之，冰山渐消而一巨大头颅的头发露出来了，后来连头带身体都出来了；这就是祖神勃利（Buri，意为生产者）。此时伊密尔正在睡觉，从他腋下的汗水中生出了一子一女，从他的脚上生出了六个头的巨人瑟洛特格尔密尔（Thrudgelmir），而瑟洛特格尔密尔在出生之后不久就生下了巨人勃尔格尔密尔（Bergelmir），此为一切邪恶的霜巨人的始祖。

当这些巨人觉察到他们旁边还有勃利神及其子勃尔（Börr，意为生产，是勃利神出生后立即生下来的），他们就和两位神战斗起来。神是代表善的，巨人是代表恶的，他们决不能和平地共处。战斗持续了很长时间，两边势均力敌；直到勃尔娶女巨人贝丝特拉［Bestla，她是巨人波尔斯隆（Bolthron，恶之刺）的女儿］为妻，生了三个儿子：奥丁（Odin）、维利（Vili）、

百科知识

人格化：童话、寓言等文艺作品中常用的一种创作手法，对动物、植物以及非生物赋予人的特征，使它们具有人的思想、感情和行为。

读书笔记

字词释义

势均力敌：双方势力相当，不分高下。

伟（Ve）——分别象征精神、意志和神圣，才分出胜负。奥丁等三人出生后立即加入父亲的阵营，终于将最厉害的霜巨人伊密尔杀死。伊密尔死的时候，从他的伤口里涌出大量的血，变成一股洪流，将他自己的一族全部淹死，只剩下勃尔格尔密尔和他的妻子乘舟逃走。他们逃到了世界的边境，定居下来，将此地命名为尤腾海姆（Jötunheim，巨人之国），又生了一大群霜巨人，时时想闯到神们所统驭的世界中作恶。

战胜了巨人的神们，于是成了世界的主宰（他们在北欧神话中被称为亚萨神族，意即世界之柱石与支持者），有时间来做点建设的工作了。他们要在这荒凉的太空中创造一个可居住的世界。

他们将伊密尔的巨大尸体推进无底洞，将他的肉塑成了大地，北欧人将其称为米德加德（Midgard，中央的国），置于无底洞的正中心，四周围以伊密尔的眉毛，算是大地与无垠太空之间的界墙。伊密尔的血和汗则成为海洋，环绕在他的肉体所构成的硬土的四周。他的骨头成为山，牙齿成为岸石，头发成为树木百草。这样布置好了，神们又取伊密尔的颅骨很巧妙地悬于地和海之上，是为天空；取伊密尔的脑子改造为

点评

习惯很难改变，恶人作恶已经成为习惯，如果不自己下定决心向善，改变就成为不可能的事了。

百科知识

颅骨：位于脊柱上方，由23块形状和大小不同的扁骨和不规则骨组成（中耳的3对听小骨未计入）。除下颌骨及舌骨外，其余各骨彼此借缝或软骨牢固联结，起着保护和支持脑、感觉器官以及消化器官和呼吸器官的起始部分的作用。

点评

以这样的神话传说来猜测天地的形成，激发起我们无穷的探索欲望。

字词释义

天穹：像半个球面似的覆盖着大地的天空。

点评

一男一女，与我们的祖先所说的阴阳之道暗合。由此看来，古人对天地万物的认知有着很大的相似性。

云。可是这青石板似的天穹必得有物托住了，方免得坠下来。所以神们又将四个健壮的矮人命名为Nordri（诺德里，北）、Sudri（苏德里，南）、Austri（奥斯特里，东）、Westri（威斯特里，西），使之立于地之四隅，以肩承天。这样的世界，还得要光明，所以神们又从火之国穆斯贝尔海姆取了火来，布满在天穹上，那就是星。最大的火块留作创造太阳和月亮，用金车载着。神们找了两匹马，阿尔瓦卡（Arvakr，早醒者）和阿尔斯维（Alsvin，快步者），拖那个盛着太阳的金车。但又恐怕太阳的热力伤了那两匹马，所以特地在马的肩下加了盛着气的大皮囊；他们又造了巨盾斯瓦林（Svalin，冷者）置于车前，免得太阳的热力烧坏了车子，也因此让地面不至于被太阳所灼焦。装月亮的车子由一匹名为亚斯维德尔（Alsvider，永远迅速者）的马驾着，可是马没有防御物及盾，因为月亮的光热是温和的。

但是驾此太阳和月亮的车，须得两位驭者；神们看中了巨人蒙迪尔法利（Mundilfari）的一对美丽的孩子：男的名为玛尼（Mani，月亮），女的名为苏尔（Sol，太阳）；苏尔是格劳尔（Glaur）的妻子，格劳尔一说是火焰巨人苏尔特尔的一个儿子。神们把这两个孩子弄到天上，让玛尼驾了月车，苏尔驾了日车。

于是神们又命令巨人诺尔维（Norvi，时间）的女儿诺特（Nott，夜）驾一辆黑车，由一匹黑马赫利姆法克西（Hrimfaxi，霜马）拖着，马的鬃毛上有露和霜落下。诺特是夜之女神，她曾经结婚三次，和第一位丈夫生一子奥德（Aud），和第二位丈夫生一女乔迪（Jörd，地），后来又和第三位丈夫德尔林（Delling，黎明）生了一个非常耀眼的英俊的儿子，取名为达格（Dag，昼）。神们又为达格备一车，驾驭一匹极白的马斯基法克西（Skin-faxi，光马），它的鬃毛间射出极亮的光线，照射四方，给世界光明和喜悦。

但是因为北欧人总是以为邪恶时常跟在善良之后，想要破坏善良，所以他们又说可怕的天狼斯考尔（Sköll，嫌忌）和哈蒂（Hati，憎恨）时常在追逐太阳和月亮，想把它们吞下去，使世界复归于黑暗。有时候，天狼们几乎追上了太阳和月亮，而且咬着了，那就是日蚀和月蚀。那时，地上的人们须得吹号打鼓，惊走那天狼。但天狼还是永远不舍地追着，总有一天，天狼会把日月吞下去，这就是“神之劫难”了。

神们不仅指派了日、月、昼、夜四位神在天空中驾车巡行，而且还指派了暮、午夜、晨、上

字词释义

鬃毛：某些哺乳动物颈部周围生长的又长又密的毛。

点评

这里讲的是，天狼食日或者天狼食月的传说。在我国古代，也有着类似的传说，传说的主角是一条天狗，日食和月食现象，被称为“天狗食日”或者“天狗食月”。发生日食和月食，古时候的人们也会敲锣打鼓，以吓跑天狗。

午、正午、下午的神以分担他们的工作。在此之外，还派定了夏之神和冬之神：夏神是斯瓦苏德（Svasud，温和慈爱，夏日之人格化）的儿子，也和他父亲一样可亲；而冬神的父亲是文德苏尔（Vindsual，冷酷，寒冬之人格化），和夏神是死对头。此外，北欧人又设想在天之极北隅，有巨人赫拉斯瓦尔格尔（Hraesvelgr，吞噬尸首者），身披鹰羽之衣，当他举臂或说举翼的时候，冷风就从地面上横扫而过。

当神们忙着创造天地、装饰天地的时候，有一大群像蛆一样的东西从伊密尔的肉里生出来了。这些小家伙引起了神们的注意，于是神们给它们以形状和超人的智慧，并将它们分为两种：那些谲诈狡猾的，神们将其逐之于地下的斯瓦塔尔法海姆（Svartalfaheim，侏儒之国），不许他们白天到地面上来，如果违反了这禁令，就要化成石头。这些家伙被称为矮人（Dwarf）、侏儒（Gnome）、魔怪（Troll）或小鬼（Kobold），他们的任务是搜集地下秘藏的宝物。找到之后，他们把金银宝石等都藏在隐秘的地方，不让人们随便找到。而另外一种则是性格温和的，神们称之为妖精（Fairy）或精灵（Elf），送他们到空中的亚尔夫海姆（Alfheim，精灵之国）居住，他们可

读书笔记

点评

价值给人以存在感，物尽其用则产生价值。神界如此，人亦如此。找到自己喜欢的事情，做出成绩，即找到自我存在价值之所在。

字词释义

谲诈：奸诈，虚伪。

以随意飞来飞去、照料花草，和鸟雀蝴蝶游戏、在月夜的草地上跳舞。

将一切都布置好了，神之领袖奥丁就带领众诸神定居于远离大地的一块平原上，这平原在不冻的大河伊文（Ifing）之彼岸，名为伊达瓦尔德（Idawald），神们所居之地名为阿斯加德（Asgard）。辅佐奥丁的有十二位男神（Aesir）和二十四位女神（Asynjur），他们开了一次盛大的会议，奥丁发布命令，谓在神域内不许有流血之事。这会议的另一结果是神们建造了一个巨大的冶炼炉，铸成了各种武器和建筑神宫所必需的工具。神们就这样和平快乐地生活了许多年，是为神们的黄金时代。

虽然神们创造了大地，准备作为人类的家，然而地上实际还没有人类。某一日，奥丁、维利和伟三位神[1]从神宫出去，在海滩上走，找到了两片木板，或说是两棵树，一棵是梣树（Ash），另一棵是榆树（Embla），便拿来削成了人的形状。神们看着自己的作品，很是得意，就决定要利用这手工制品。于是奥丁给予其灵魂，维利赋

① 或说是奥丁、海尼尔（Honir）和洛多尔（Lodur，即洛基 Loki）。作者注。

百科知识

冶炼：一种提炼技术，是指用焙烧、熔炼、电解以及使用化学药剂等方法把矿石中的金属提取出来；减少金属中所含的杂质或增加金属中某种成分，炼成所需要的金属。

百科知识

梣树：落叶乔木，稀灌木。约60余种，主要分布于温带和亚热带地区。木材坚韧，供制器具。枝条可编筐。

百科知识

榆树：榆科榆属落叶乔木。主产北温带，在北美洲南至墨西哥、亚洲南至喜马拉雅地区。

予了动作和感觉，伟给予其鲜血，这样就有了能思索、能说话、能工作而且有爱欲、有希望、有生有死的人类，住在地上当地上之主。这新造成的两个人是男女一对，他们生下子女，繁衍不息。

此后奥丁又创造了一棵巨大的白杨树，名为伊格德拉修（Yggdrasil），是为宇宙之树、时间之树、生命之树，布满整个世界。它不但着根于辽远的、翻腾着不竭之泉赫瓦格密尔的尼弗尔海姆，还着根于近海之地，着根于乌尔达泉（Urdar brunnr）旁的神之家宅。立在这三支大根上，这棵树长得极高，其最高枝名为莱拉德（Lerad，和平之给予者），罩在奥丁的宫殿上，而其他高枝则罩在尼弗尔海姆、穆斯贝尔海姆以及人类的大地上。莱拉德的枝头栖着一只鹰，一只名为维德佛尔尼尔（Vedfolnir）的苍鹰又蹲在鹰的两眼之间，炯炯的目光注视着天上地下甚至远至尼弗尔海姆中发生的各种事情，然后将其报告给奥丁。

伊格德拉修的白杨树叶是常青的，所以也是供给神们以羊乳的神羊海德伦（Heidrun）的食料，还有叫达因（Dain）、特瓦林（Dvalin）、杜涅尔（Duneyr）、杜拉索尔（Durathor）的神鹿

百科知识

白杨树：落叶乔木，树干高大挺拔。树皮光滑，灰绿至灰白色，皮孔菱形，老树基部黑灰色，纵裂。叶芽卵形，冬芽和幼枝密生白色绒毛。

字词释义

炯炯：形容明亮（多用于目光）。

百科知识

鹿：哺乳动物中最大科之一，含3亚科17属48种。中国境内现存9属17种。广泛分布于欧亚大陆、北美洲以及南美洲的南纬40°以北地区和非洲西南部。栖息于苔原、草原、林区、荒漠、灌丛和沼泽。

也在吃这树叶，这些鹿的角上会滴下蜜露来，世界上的一切河水都来源于此。

在伊格德拉修的左侧，不竭之泉赫瓦格密尔旁，有一条可怕的毒龙尼德霍格（Nidhogg）在不停地啃噬生命之树的根，又有无数的蛇来帮助龙做这破坏的工作。龙和蛇都想弄死生命之树，它们知道生命之树一死，神们的末日也就到了。挑拨是非的松鼠拉塔托斯克（Ratatosk）则在树的枝干间不停地跳跃着，把树顶的苍鹰所见所报告的事情讲给毒龙听，并常常挑拨龙和鹰之间的仇恨。而命运女神诺恩（Norn）姐妹三个，一直在照料着生命之树，她们从乌尔达泉汲水来灌溉此树。

点评

挑拨是非的松鼠拉塔托斯克和命运之神诺恩姐妹的行为形成鲜明对比。这教育我们如何做人，做什么样的人。

高临于大地之上，横跨尼弗尔海姆两边的，是火、水及空气组成的神圣之桥——比弗罗斯特（Bifröst，虹桥或彩虹桥），神们由此桥下到地上，或到生命之树根旁的乌尔达泉，他们每天都要在这圣泉旁召开会议。神们中唯有雷神托尔不从这虹桥上走，免得他沉重的脚步和雷火弄坏了桥。守护虹桥的神是海姆达尔（Heimdall），他在此守护，日夜不离，其武器是一把快刀和一只银角。每当神们经过这桥的时候，他就吹他的银角作软调，但如果这角吹出高亢激越的声音时，那就是

点评

“日夜不离”可以看出海姆达尔具有极强的责任心，这非常值得我们学习。

在报警，是霜巨人联合着火焰巨人苏尔特尔，来毁灭这世界的时候了。

北欧人又另有海与风之神——伐纳神族（Vanas），住在伐纳海姆（Vanaheim）。早先，奥丁尚未建造他们的阿斯加德神宫时，亚萨神族和伐纳神族之间曾有过战争，他们各用山石和冰山作为武器。后来两方讲和了，于是伐纳神族中的涅尔德（Njörd）带着他的两个孩子弗雷（Frey）和芙蕾雅（Freya）住到天上的阿斯加德，算是和平的保证，而亚萨神族中的海尼尔，奥丁的亲兄弟，则住到了伐纳海姆。

延伸思考

我的笔记

1. 北欧神话的主要骨骼是什么？

2. 战胜了巨人的诸神是如何创造一个可居住的世界的？

日积月累

谛视　无垠　天穹　四隅　鬃毛　高亢激越

截然相反　冰天雪地　势均力敌　不竭之泉

谲诈狡猾　久而久之　宇宙之树　时间之树

第三章　众神之王奥丁

？文前小问号

奥丁坐在宝座上的时候，他的肩头停着两只大鸦，这两只大鸦分别代表什么？它们的职责是什么？

奥丁（Odin），亦称沃坦（Woutan）或沃登（Woden），是北欧神话中的最高神，象征了宇宙间无所不在的精神，是空气的人格化，是智慧与胜利之神、贵族与英雄的保护者，因为神都出于他，故他又被称为“众神之父”，也是阿斯加德之主。他的宝座名为希利德斯凯拉夫（Hlidskialf），实非寻常之椅子，而为巨伟的瞭望塔一样。从这上面，奥丁可以一眼看见天上人间的众神、巨人、侏儒、精灵以及人类的一举一动。这宝座，只有奥丁及其妻弗丽嘉（Frigga）

字词释义

无所不在：到处都存在，到处都有。

百科知识

人格化：将动物、抽象观念或其他无生命的事物，赋予人类的形体、性格、情感等，表现人的举动或思想情感。

可以使用。当他们坐在这宝座上的时候，总是面对着南方和西方。这两个方向是北欧人的希望之所寄。

通常把奥丁说成是五十岁左右，身材高大，元气充溢，有黑色卷发、灰色的大胡子而顶发微秃的一位神。他穿的是灰色的衣服，戴青色大风帽，外面又披以青底而有灰色斑纹的大氅：这是苍穹和灰云的北方天空的象征。他的手里时常拿着他那无敌的长矛冈格尼尔（Gungnir）；这矛是神圣的，对矛尖所发的誓，永不能反悔。他的手指或手臂上，又戴着名为德罗普尼尔（Draupnir）的指环或钏，这是“富庶”的象征，宝贵无比。奥丁也常到人世间来，如果是有战事，他就戴上他的鹰盔；如果是和平地访察人间的事情，他就穿上人类的服装，戴一顶灰色阔边帽（为的是不使人看见他只有一只眼睛）。

当他坐在宝座上的时候，他的肩头停着两只大鸦，胡基（Hugin，思想）和穆宁（Munin，记忆）。这两只大鸦是奥丁的秘密侦探，每天到人间去刺探新闻，回来报告。在他的脚边蹲着两条

点评

南方向来是光明的象征。无论何时、何种境地，我们都要怀揣希望，这样就会让自己拥有无穷的力量。

点评

这是正面描写，抓住奥丁的外貌特点，向我们揭示自然的特征。

点评

胡基和穆宁代表思想和记忆，也表示人唯有不断思考、不断实践，在积累经验的基础上，才能不断提升自我，成长自我。

读书笔记

字词释义

器重：（长辈对晚辈，上级对下级）看重；重视。

点评

在北欧神话中，在战场上战死的勇士可以获得无上的光荣，充分显示了古代北欧人的尚武精神和对勇敢的无上推崇。

狼或猎犬，名为格利（Geri）和弗利基（Freki），因为是奥丁的爱兽，所以谁遇见了，谁就有好运。

奥丁在阿斯加德有三处宫殿，其中有一处位于格拉希尔（Glarsir）树林之中，名为瓦尔哈拉（Valhalla，英灵殿），有五百四十扇大门，广可容八百位战士，正门上方有一个野猪头和一只鹰；这鹰的锐目能看见全世界的各方。宫殿的四壁是由擦得极亮的矛排成，所以光明耀目；宫殿的顶是用金盾铺成的；宫内座椅上皆饰以精美的铠甲，这是奥丁给他的客人的礼物。凡是战死的勇士，所谓恩赫里亚（Einheriar），为奥丁所器重者，皆得入此宫为上客。

以勇敢为无上之美德，以战死为无上之光荣的北欧人，因而亦视奥丁为胜利及战争之神。北欧人认为每逢人间有战争的时候，奥丁就派遣他的侍女瓦尔基里（Valkyrie）到战场上去，从战死的勇士中挑选出一半，背在她们的快马上，从虹桥比弗罗斯特进入瓦尔哈拉宫殿，先由奥丁的两个儿子在宫中欢迎，然后被带到奥丁的御座前接受嘉奖。如果战死者中有神们平日中意的人，那么奥丁必亲自起身欢迎。在瓦尔哈拉宫中，又有盛筵飨待那些被接引上天的战死者，美貌白臂膊的瓦尔基里此时亦卸去战袍，换起纯白的长衣，殷勤地为勇士们劝觞。这些女侍者，据说是九个，以大杯盛美味的神羊乳，大盘盛野猪肉，请勇士们放量饮啖。这野猪肉也是宫殿中的珍品，乃神之野猪沙赫利姆尼尔（Sahrimnir）的肉，每天由神宫的厨子安德赫利姆尼尔（Andhrimnir）割下来在大锅里烧好，却从来没有不够的时候，虽然奥丁的客人都是好食量的北欧勇士。这野猪也是神奇的，刚割了它的肉，它立刻又生满一身肥肉。勇士们酒足饭饱之后，常在宫外的旷野上战斗，直到再闻传饭的角声，才携手回去。在那里，美丽的瓦尔基里又在侍候，将大斗里的神羊乳倾在各个勇士的心爱的杯子里，这杯子是用他们仇敌的头盖骨做成的。就是这样天天饮宴比武，勇士们在瓦尔哈拉宫中享福。这种生活，是北欧武士所能想象的最美满的生活，所以奥丁也是他们最尊敬的一位神。

奥丁出战的时候，通常是骑着他的八腿的灰色天马史莱普尼尔（Sleipnir），盾是白色的，他的武器除了无敌之矛，还有神弓，一发能同时射出十箭，每箭射中一个敌人。他又常以著名的狂暴战体（Berserkerrage，铁布衫术）授给他所宠爱的人，成为狂暴战士的人能空手出入枪剑之林

字词释义

劝觞：劝酒的意思。觞，泛指盛酒的器皿。由下文可知这里盛的是神羊乳。

饮啖：吃喝。

点评

敬人者，人恒敬之。

点评

此处提到的神弓，类似于诸葛连弩，在北欧神话时代，类似于连弩的武器便出现了，古人的想象力真的是太丰富了。

而不受伤。

因为奥丁是全知全能的至高神，是代表了一切的，所以他的别名最多，有两百个左右，每一个名字代表他的一种身份。被视为“风神”时的他，名为沃登。

北欧人以为暴风雨是奥丁骑着马在世界上驰过，收拾死者的灵魂。这也是北欧人恐惧暴风雨的表现，所以人在暴风雨中遭到了不幸，别人便说是冲犯了奥丁带着灵魂所走的路的缘故。但又谓如果能虔诚地跟着风暴走，往往能得到奥丁从半空中赐予的一条马腿，若能谨慎地保持着，到第二天便变成一块黄金。北欧人称暴风雨为奥丁的行猎，以秋冬风猛的季节为奥丁的狩猎季。农人们常留一些成熟的麦子在田里，预备给奥丁经过时喂马。

奥丁又是一切知识之神，这是因为他喝过密弥尔（Mimir）守护的“智慧之泉”的泉水。在这泉的深处，未来之事也映出得很分明。奥丁找到了密弥尔，要求一勺之水。可是这位守泉的老巨人知道泉水的价值，一定要奥丁的一只眼睛为代价，奥丁就挖出自己的一只眼睛给了他，因此奥丁只剩一只眼睛。密弥尔将所得的眼睛沉在泉水深处。为了要留作纪念，奥丁乃折取那罩在智

百科知识

风暴：泛指强烈天气系统过境时出现的天气过程，特指伴有强风或强降水的天气系统。如台风、龙卷风、雷暴、低气压、寒潮等强烈天气系统造成的大风、暴雨，一般在热带或副热带地区的风力达到6级以上，而在中、高纬度地区的风力需达到8级以上，才能称为风暴。

点评

神话不仅是人们对未知世界的虚构认知，其中反复出现的意象其实是人类心理的反映。“马腿”是人们对收获的渴望，而“成熟的麦子”是对付出的愿望，也是对付出终有所收获的阐释。

点评

因为懂得，所以理解，因为理解，所以有担当。我们也当如奥丁这样，学会有担当。担当即成长。

慧之泉上的生命树伊格德拉修的一根树枝，做成了他的无敌之矛。从此奥丁的智慧就无可匹敌了，但他从此也忧愁起来（他的面容永远是忧郁的），因为他知道了未来之事，知道了神们将来不可逃避的劫运。

因为奥丁是一切知识之神，所以北欧古字母，即卢恩（Rune）文字，也被说成是他的发明。在发明卢恩文字的时候，奥丁曾自倒悬于生命树的巨枝上，凝视着深不见底的尼弗尔海姆，用心深思，并以矛自刺，有九日九夜之久。在发明了这神秘的文字之后，奥丁就将之刻在他的矛上，又刻在他的马的牙齿上，熊的爪上，以及无数生物与非生物的身体上。因为他曾受过九日九夜悬吊身体的痛苦，所以吊罪在古代北欧是重罪。

点评

世上没有无缘无故的成功，以悬吊之苦发明了文字，既显示文字的神秘，又昭示成功的不易。我们应尊重文字，敬畏文化。

北欧人以奥丁为天空的人格化，因此他的妻自然就是大地；但是大地有三个阶段，所以北欧人又说奥丁有好几个妻子。他的第一位妻子是乔迪（Jörd），象征原始的大地。乔迪为奥丁生下了一个非常威武的儿子，就是雷神托尔。奥丁的第二个妻子，就是正妻弗丽嘉，她象征开化后的大地，她生的儿子是光明神巴尔德和赫

点评

三个妻子背后的象征意义，显示了农耕时代的进程，即文明的进程。

尔莫德（Hermod）[①]。奥丁的第三个妻子是琳达（Rinda），象征着不毛的冻土，她最初不肯接受奥丁的拥抱，后来才终于做了他的妻子，生子伐利（Vali），是万物复春之象征。

有些古代诗歌里又说奥丁曾以历史女神莎加（Saga）[②]或拉迦（Laga）为妻，奥丁每天都会到河水下的水晶宫索克瓦贝克（Sokkvabekkr）去看她，饮那冰冷的河水，听她唱讲述古代历史的歌。此外，奥丁的情人还有格莉德（Grid）、古恩露德（Gunlod）、斯卡蒂（Skadi）以及共同生出守望之神海姆达尔的九位女巨人。在北欧神话中，奥丁这些非正式的妻子都占有相当重要的地位。

以上所述的，是神话中的奥丁，也可说是北欧人心目中最古老的奥丁。然而在稍后期的诗歌中，便有半神话半历史的奥丁。古代神话奥丁的许多奇迹和冒险也被加在这位半历史奥丁的身上，可是他的来历却不同了。他被说成是小亚细亚一个名为“阿萨”（Aesir）[③]的部落的酋长，因

百科知识

小亚细亚：即小亚细亚半岛，亚洲西部的半岛。西亚最古老的地名之一，与亚细亚大陆相对而言，故名。位于亚洲大陆最西端，全部在土耳其境内。自古是东西文明的接触点和接力点，出现过赫梯、波斯、亚历山大、罗马、拜占庭、伊儿汗、塞尔柱和奥斯曼等一系列帝国，历时长短不一的统治。1923年起，成为新建立的土耳其共和国的主要组成部分和核心地区。

---

① 一说战神提尔（Tyr）也是她的儿子。作者注。

② 或称莎加是弗丽嘉的一个别名。作者注。

③ 之前提过，这也是北欧神话中男性神明的总称。作者注。

受罗马人所迫，于公元前70年前后离开了小亚细亚的老家，迁居欧洲。这个奥丁，据说曾征服了俄罗斯、丹麦、挪威、瑞典等地，于每处留一子为君。这个半历史的奥丁后来自觉死期将至，乃集其群臣，以矛自刺其腹九下，说自己将归于老家“阿斯加德”，于是就死了。

据另一记载，则谓瑞典国王吉尔菲（Gylfi）[①]慕阿萨族之勇名，要亲自访之，以验虚实。他到了奥丁的宫殿，受到欢迎，并与守门者甘格莱尔（Gangler）论及北欧神话之解释。这些都见于《小埃达》所载。又据另一极古老的诗歌，谓奥丁有六个儿子，分别是丹麦、瑞典、挪威、东西撒克逊等六地之国君。另一诗则谓奥丁与弗丽嘉生了七个儿子，这些儿子即为盎格鲁-撒克逊（Anglo-Saxon）王族之祖先。

总之，凡诸历史的奥丁，可见都是从神话中的奥丁蜕变而来。神话为历史化，在各民族皆不能免，北欧神话当然也不例外。

读书笔记

点评

神话源于历史事实，又高于历史，是历史的升华，体现更多人的意志。神话又是历史的基础，历史是在神话的基础上发展起来的。

① 记载中曾说他与奥丁平分国土，极为友善。作者注。

延伸思考

我的笔记

1. 对“以勇敢为无上之美德，以战死为无上之光荣”，你是如何理解的？

2. 为得到“智慧之泉”的泉水，奥丁宁愿舍弃一只眼睛。你如何看待这件事情？

日积月累

大鳌　苍穹　殷勤　劝觞　饮啖

全知全能　无可匹敌　忧郁　劫运

第四章　众神之后弗丽嘉

？文前小问号

弗丽嘉是怎样一位女神？她有着怎样的化身？对此，你有着怎样的评价？

弗丽嘉（Frigga），或称弗丽格（Frigg），一谓是夜之女神诺特之女，即象征原始的大地，而为奥丁之小妻的乔迪的姐姐。但据别说，则谓她是奥丁与乔迪所生之女，同时又为奥丁之妻，这便说明了北欧人早先也有过父女结婚的习俗。奥丁和弗丽嘉的婚姻，是阿斯加德的神们所共庆的，以后每年举行结婚纪念仪式，有大宴会。在这个意义上，弗丽嘉在北欧神话中是掌管婚姻的神。

点评

从神话故事中感知历史，在感知中，我们对人类的历史就有了更多的了解。

但在一般的意义上，弗丽嘉是大气或云雾之人格化，她的衣服或为白色或为灰黑。她是神之后，享有坐在奥丁宝座上的特权，因此她也有周知宇宙万事之力量。她又是一切未卜先知的预言者，知道一切未来之事。这是因为北欧人把女性看成藏有秘密的神秘者。

弗丽嘉被说成是一位美貌颀长的贵妇人，头戴苍鹭之羽①，穿雪白衣服，腰间系一根金带。金带上挂着一串钥匙。这又是北欧家庭主妇的神气。所以她也是家庭主妇们所奉祀的女神。

弗丽嘉有自己的宫殿，名为芬撒里尔（Fensalir），意为雾之宫或海之宫。她在这宫内转她的轮机，织出金线或明色的云的长网。她的织轮是用宝石装饰的，夜间大放光明，北欧人称之为“弗丽嘉的织轮”，即我们所谓猎户星座。

在弗丽嘉的芬撒里尔宫内，她邀请世上的忠实夫妻的灵魂前去，犹如奥丁招待那些战死的勇士。忠实的夫妇因此虽死而不分离，在芬撒里尔宫内享受快乐。所以弗丽嘉是婚姻及母爱之神，特为已婚者所敬奉。

但是弗丽嘉又很喜欢首饰，她对金珠宝石的贪心是无可餍足的。有一次，她偷了奥丁金像上的一块金子，而且又设法使金像破碎，不能自供

① 此为沉默与遗忘的象征。作者注。

百科知识

苍鹭：是鸟纲、鹭科、鹭属的一种涉禽，也是鹭属的模式种。头、颈、脚和嘴均甚长，因而身体显得细瘦。其上半身主要为灰色，腹部为白色。成鸟的过眼纹及冠羽黑色，飞羽、翼角及两道胸斑黑色，头、颈、胸及背白色，颈具黑色纵纹，余部灰色。

点评

神话与历史，与地理是神秘对应着的，这是否激发起你探索的欲望了呢？

点评

从这里可以看出，对于忠诚的，具备这些品质的，人人喜欢，不分地域或种族。

偷者是谁[①]，这很是触怒了奥丁，结果是奥丁负气离开了阿斯加德，到地上世间漫游。这期间，他的兄弟维利和伟篡了他的位，又夺了弗丽嘉为妻。维利和伟与奥丁面目一般，弗丽嘉也不知自己已经失身。可是他们没有奥丁的威力，不能降福于世界，任凭霜巨人蹂躏人间，用冰雪封锁大地，毁坏一切生物。

幸而七个月以后，奥丁回来了，两位篡位者也偷偷逃走。于是霜巨人不敢再作恶，世界又恢复了生气。这是北欧人解释寒冬为何会来的一个说法。

弗丽嘉有许多侍女，她们多半代表了她复杂神性的某一方面。最得她宠爱的一个侍女名叫芙拉（Fulla）[②]，负责掌管弗丽嘉的首饰箱，侍候她梳妆。她常常献策给弗丽嘉去帮助那些祈求神佑的人类。芙拉是很美丽的，她的金色长发极多且长，是五谷熟穗的象征。所以芙拉又常被视为大地丰穰之神。

赫琳（Hlin）是弗丽嘉的第二侍女，是安慰

点评

“任凭”透露出的信息是：在其位谋其政，这是担当，是信任。

点评

寒冬来了，意味着春天也不远了。我们要时时怀揣希望，这样才有无穷的生机。

字词释义

丰穰：丰收；丰满；肥沃。

① 奥丁为了查究偷者的名字，曾以卢恩文字写在金像口上，使其能自言。作者注。

② 一说芙拉原是弗丽嘉的姐妹。作者注。

读书笔记

点评

人性向善，弗丽嘉的善举提醒我们：当我们有能力帮助他人的时候，请及时伸出援手，帮助他人，快乐自己。

点评

这是一个多么美好的职务！让家和睦，让社会和谐！

的女神，常常被派遣到世间去安慰受难的人。她常常用心听取人类的祷告，献议给弗丽嘉帮助那些有求的穷苦人。

盖娜（Gna）是弗丽嘉的速行使者，她骑在她的马霍瓦尔普尼尔（Hofvarpnir，迅驰者）上，能够飞快地渡海过山，在空中，在火中，没有一处地方不能去。她是清风的人格化。盖娜把路上所见的一切告诉弗丽嘉。有一次，她看见奥丁的本家利里尔（Rerir）王在海边哭泣，因为他没有儿子。盖娜把这事告诉弗丽嘉，弗丽嘉就取一个苹果（这是结实的象征），使盖娜赐给了利里尔王。后来利里尔王果得一子，就是北欧传说中有名的民族英雄伏尔松格（Volsung）。

除上述三人以外，弗丽嘉还有三个随车的侍女。洛芬（Lofn）是一个温柔庄重的少女，她的职务是除去一对情侣前途中所有的阻碍。芙约芬（Vjofn）的职务是使冷硬的心接受爱情，维持人类间的和睦，并使反目的夫妇再和好。珊恩（Syn）通常守护着弗丽嘉的宫门，不准人随便进去。凡是被她拒之门外的人，无论如何请求，必无效果。她是真理的人格化。

弗丽嘉另有一个在宫里的侍女，名为格芙琼（Gefjon，给予者），专门负责接引那些未及嫁娶而死的男女到宫中享受快乐。但据别一说，则谓格芙琼自己却不是处女，曾为一个巨人生下四个儿子。有一次，奥丁派她去见瑞典国王吉尔菲，请求分给一些土地。吉尔菲就对格芙琼说她一天之内能耕多少土地就给多少。于是格芙琼将她的四个巨人种的儿子变成四头牛，架起犁来，将地面耕了一条极深的沟。格芙琼耕了一天，划出一大块土地来，曳入海内，成为一个岛。后来她又嫁给了奥丁的一个儿子，成为丹麦王室的始祖。

弗丽嘉还有别的侍女。埃尔（Eir，仁慈）是最有本领的医生，她搜集了地上的各种药草，内外科都能医治。她又把医术教授给人间的女儿，因为在古代北欧，医术是女子的业务。法拉（Vara）专司听受信誓，谴罚不守信者而赐福给守信者。瓦尔（Vör）是真理之人格化，司察看全世界的一切行为。而斯诺特拉（Snotra，智慧）则为德行女神，是一切智识的主宰者。

在南日耳曼，没有弗丽嘉这位女神，却另有一位和弗丽嘉很相像的女神霍尔达（Holda）。这位女神也是云雾之人格化，正和弗丽嘉一样。下雪说是霍尔达在清理她的卧床，下雨则说是她在洗衣，把白云说成是她的布。长条的灰色云朵散布于天空的时候，人们说是她在纺织。根据那些

百科知识

犁：一种耕地的农具，是由在一根横梁端部的厚重的刃构成。其通常系在一组牵引它的牲畜或机动车上，也有用人力来驱动的，用来破碎土块并耕出槽沟从而为播种做好准备。

点评

守信是一种美好的人格。至诚如神，我们一起来做诚实的守信者吧！

字词释义

智识：智力，识见。

传说，则谓织麻之法亦传自霍尔达。从这几点上，可以相信霍尔达就是弗丽嘉在南日耳曼的变形了。

据中世纪的传说，则云雾之人格化的霍尔达，又是一个住在山洞中的女神，叫维纳丝夫人（Frau Venus），相当于希腊神话中的那个恋爱女神。她常常引诱少年骑士到她的洞里，用种种肉感的快乐使他们流连忘返。又一说则谓霍尔达拥有一眼有魔力的泉水，这泉水名为“速生”，和有名的饮之即返老还童的青春之泉相仿。她还有一辆车，她常坐此车到各处视察。

撒克逊民族所信奉的女神伊丝特（Eastre，或 Ostara），春之女神，也和弗丽嘉有些相像。这位女神甚受古代的日耳曼人敬奉，所以，当基督教盛行以后，这位女神并没被降为魔鬼，反而为纪念她，人们还把基督教的一个节日取了这位女神的名字——就是英文中的复活节（Easter）。在此节日，人们以彩蛋互赠，因为蛋代表了生命之始，而伊丝特是春之女神，象征着严冬后的生命之复苏。

在日耳曼的别处，弗丽嘉又以贝尔莎（Bertha）之名为又一化身。贝尔莎也是纺织之神、园艺之神，又为照料殇婴灵魂之神。或又有名为戈德（Gode）或沃德（Wode）的女

字词释义

返老还童：指由衰老返回青春；形容老年人恢复了青春与活力，精神异常旺盛。

点评

撒克逊民族信奉彩蛋是生命之始。在我国古代神话传说中，有“盘古开天地”的传说。据《山海经》记载：“天地浑沌如鸡子，盘古生其中。万八千岁，天地开辟，阳清为天。阴浊为地。盘古在其中，一日九变……”这里的“鸡子”就指的是鸡蛋。

神，从名字就能看出来是奥丁（Odin）或沃登（Wuodan）的阴性（女性）形式。在荷兰，人们把弗丽嘉称为维萝尔德（Vrouelde）。这些女神，从她们象征的意义来看，其实都是弗丽嘉的化身。

百科知识

化身：在各宗教中，通常指神或精灵等超自然力量，通过某种方式，以人类或动物的形态，实体化出现在人类世界之中。

我的笔记

拓展训练

大（　）失（　）　（　）连（　）返

（　）老（　）童

延伸思考

1. 阅读之后，你对弗丽嘉的哪个侍女印象深刻？为什么？

2. 如果你是埃尔，在2020年这个特殊的时期，你会做些什么？

日积月累

颀长　奉祀　无可餍足　触怒　蹂躏　宠爱

丰穰　渡海过山　阻碍　重修旧好

大惊失色　流连忘返　返老还童

第五章　雷神托尔

文前小问号

关于雷神托尔的故事，你最喜欢哪一个？请说明自己喜欢的原因。

在寒冷的北欧，雷是农民的恩人。雷来了，冻冰消迹了，冻土也怀春了，农事始有希望。所以，雷神是北欧的农民和贫民的恩神。

雷神托尔（Thor），亦称多纳尔（Donar，日耳曼人这么称呼他），是奥丁与乔迪所生之子，但据别说，则谓他的母亲是弗丽嘉——众神之后，奥丁的正妻。托尔从一出生就是魁梧有力的，能抛举十大包的熊皮。虽然天生是好性格，但有时发起脾气来，却如烈火一般可怕。因此他的母亲自量不能教养这孩子，就将他托付给维格尼尔（Vingnir，有翼者）和赫萝拉（Hlora，

字词释义

魁梧有力：指身材高大、强壮挺拔，亦作“魁吾”。形容身体强壮高大，体格健壮。

比喻

烈火让人畏惧，此处用比喻的手法来形容托尔脾气之可怕。

热）——电光的人格化。在养父母那里长大之后，托尔才被迎入阿斯加德，成为十二位大神之一。他有自己的宫殿，名为毕尔斯基尔尼尔（Bilskirnir，闪电），是阿斯加德最大的宫殿，共有五百四十个大厅，为了要接纳那些贫困一生而死的人的灵魂到此享福。奴隶的灵魂也得入此宫，和他们的主人（那是被接待的奥丁的瓦尔哈拉宫内的恩赫里亚们）同样平等地被欢迎。托尔是农民、贫民及奴隶们的恩主。

托尔是唯一不走虹桥的神，因为恐怕他沉重的脚步（那是常常带着火星的）会烧毁这座美丽轻巧的桥。他要参加神们在乌尔达泉旁的会议时，需经过两条河过去。他是身材高大硕壮的伟丈夫，猬毛似的红头发和红胡子，当他发怒的时候，头发和须髯间便爆出一大团一大团的火星。他常戴一个多角的头盔，每个角的顶端都有一颗闪光的星，因此他的头就常像一团火焰似的。火是属于他的元素。

托尔的武器是一把神奇的锤。他对他的仇敌和霜巨人掷出这锤子的时候，无论有多远，又无论是怎样厉害的敌人，这锤子一定会命中并且击死对方。而且无论掷出多远，锤总会自己回到托尔手里。这锤就是雷火的象征，名为米约尔

点评

在很早以前人类就有追求平等的思想，但真正得以实现，需要漫长的岁月。

点评

这一部分是对托尔——雷神的正面描写：红头发，红胡子，一大团一大团的火星……让我们感受到托尔的热情、赤诚的情怀。

尼尔（Mjöllnir，粉碎者），常是炽热，不便把握，所以托尔得戴上一双铁的长手套雅恩格利佩尔（Iarngreiper）。他还有一条神奇的腰带梅金吉奥德（Megingiörd），束紧这腰带，能使力量倍增。北欧人将托尔的雷锤看得极神圣，以手作锤形，谓可祓除不祥，邀引福佑，等于基督徒画十字。婴儿出生时，大人亦在他身上作锤形；造宅、嫁娶、战死者的葬礼，都以作锤形为必要的仪节。

在瑞典的民间故事中，说托尔也像奥丁一样，喜欢戴阔边的帽子，因而大雷雨前的黑云被称为“托尔的帽子”，雷声则被视为托尔战车的轮声。因为在北欧神们中，只有托尔是不骑马的，他总是徒步或驾车。他的车是黄铜制的，由两只山羊，名为坦格乔斯特（Tanngnjostr）和坦格里斯尼尔（Tanngrisnir）驾之，羊的齿与蹄也常发火星。驾着这黄铜战车奔驰于天空的托尔，又被称为“驱车者托尔”。

托尔曾两次结婚。他第一次娶了女巨人雅恩莎撒（Jarnsaxa，铁石），生两子，一名玛格尼（Magni，力），一名摩迪（Modi，勇敢）。后来在“神之劫难”到来时，托尔战死，但其二子都幸免于难，后来在新生的宇宙中继承了父亲的职务。托尔的第二个妻子是美丽的女神希芙（Sif），

字词释义

祓（fú）除：扫除。

读书笔记

他们生下一子一女，男的名为洛列特（Lorride，勇敢），女的名为斯露德（Thrud，力量），以大力闻名。斯露德曾为一侏儒阿尔维斯所爱。某夜，阿尔维斯去找托尔，要向他的女儿求婚。托尔说要考验侏儒的智慧，问以种种问题，直到夜尽天晓，第一线阳光射来，阿尔维斯来不及回到地底，在阳光下化作石头[①]。

希芙，美丽的金发女神，是五谷熟透的金黄穗子的人格化。她的金发既多又长，披散下来罩满她的全身。托尔极爱他妻子的这头美发，所以当一天早晨发现希芙变成光头，失去了其美丽的头发时，托尔怒不可遏。他料到偷头发的一定是火与恶之神洛基（Loki），便找到了洛基（虽然洛基变化多次，但终于被捉住），搜出希芙被偷的头发，并且责令洛基设法使头发复生在希芙的头上。洛基无可奈何，乃到地下去请求那些精于工艺的侏儒帮助。他找到了一个名叫德瓦林（Dvalin）的黑侏儒，织成最美丽的金丝，只要一按上希芙的头，就能生根，和希芙的真头发一般。德瓦林又为洛基另造两件礼物，献给奥丁和

字词释义

夜尽天晓：黑夜过去，天空逐渐明亮。

点评

“怒不可遏”一是表达托尔对妻子的爱；二是表达对偷盗者的恨，表现出托尔是一个敢爱敢恨的勇士。

① 侏儒是被禁止见太阳光的，见到就会化为石头。作者注。

弗雷：一是无敌之矛冈格尼尔[1]，一是神船斯基德布拉德尼尔（Skidbladnir），能行于空中和水中，并且无往而不得顺风；更神奇的是，此船大则可容下全体神祇连同他们的马，又小则可放在口袋里。它是云的象征。

洛基高兴极了，称赞德瓦林是最灵巧的工艺家。这句话被另一个叫勃洛克（Brock）的侏儒听见了，就跟洛基打赌，说他的哥哥辛德里（Sindri）能铸造更神奇的东西。于是各以自己的头作赌注，立下约定。辛德里拿许多金子放在熔炉中，嘱咐勃洛克扇着风箱不可有一刻间断，就出去作魔法了。洛基变成一只大牛虻，刺勃洛克扇风箱的手，打算破坏侏儒们的工作。但是勃洛克忍痛不顾。结果是辛德里铸成了一只硕大的野猪，名为古林布尔斯提（Gullinbursti，金鬃），浑身都是金毛，能在空中飞驰。于是辛德里又拿了许多金子放入熔炉，照前一般向勃洛克嘱咐了之后，又出去作魔法了。洛基仍变成牛虻，这次是去刺那侏儒的颊。勃洛克还是忍痛扇着风箱。等到辛德里回来的时候，从炉中取出的是聚金指

点评

“神船”一是显示出德瓦林技艺高超；二是说明丰富的想象力必将激发出人们无限的创造力。

百科知识

风箱：用来产生风力的设备，由一个木箱、一个推拉的木制把手和活动木箱构成。操作人员用手拉开活动木箱，空气通过进气口使风箱的皮囊内充满空气，而且并不塌缩，再拉动其体能够将其内的空气压出，空气通过输风管，可以进入熔炼炉中，用于炼铁。最常见的一种由木箱、长方形活动木箱构成，用来鼓风，使炉火旺盛。

---

① 在这里，传承下来的神话有互相矛盾之处。因为据别一说，此矛为奥丁取生命树之枝造成，见第三章。作者注。

点评

洛基是北欧神话中绰号最多的神之一，比如说“狡猾的人”“奸诈之神”“变形者”“骗子”等。他诡计多端，经常制造各种恶作剧，从这一段，我们可以看出，洛基果真人如其名。

读书笔记

环——德罗普尼尔，它是生产的象征，每过九天能产生八枚同样的指环。现在只剩最后一物了。辛德里这次放入熔炉的是铁。勃洛克扇着风箱，辛德里出去作魔法了。洛基眼看自己要失败，仍变为牛虻，却去猛叮勃洛克的眼睛，直到勃洛克血流满面，眼不能见，他不得不举手去驱走这牛虻。可是只就一刹那的停手，就坏了事了：当辛德里回来开熔炉看的时候，惊叫起来，他取出一把锤来，却短少了锤柄。

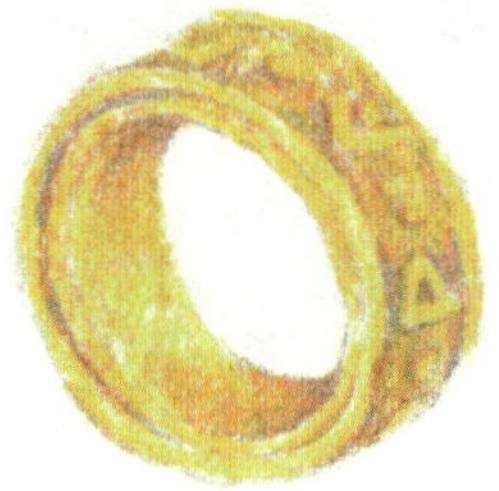

虽然如此，两个侏儒还是和洛基同到阿斯加德，各带自己的宝物。洛基将矛献给奥丁，船献给弗雷，金假发给托尔。假发一装上希芙的头，立刻生根在那里，比原来的头发还要美丽。侏儒勃洛克则将金鬃野猪献给弗雷，指环献给奥丁，那把名叫米约尔尼尔的锤则献给托尔。神们评判，胜利属于侏儒勃洛克，因为那神奇的锤——米约尔尼尔能使托尔在与霜巨人斗争时一直获得胜利。

洛基见自己输了，立刻就逃，却被托尔捉了来，交给勃洛克。托尔对这位胜利的侏儒说：“虽然头是你的，可是不能伤了他的脖子。”因此，两个侏儒不能割洛基的头，只得缝了洛基的嘴唇，免得他再说坏话。但是不久之后，洛基设法割断了嘴唇上的铁线，又能挑拨是非了。

虽然托尔出行必有雷雨，可是北欧人并不认为他是破坏之神：他驱走了寒冰和霜巨人，是使大地恢复生机、生产丰饶谷物以恩惠万民的神。但是居住在尤腾海姆的霜巨人们，常常将冷气刮到人类的世界，使植物凋零，地面阴惨。于是托尔决定去尤腾海姆会会那些巨人，给他们一个教训，使他们永远不敢作恶。他是和洛基同去的。快到尤腾海姆的时候，他们投宿在一个农民的家里，农民很有礼貌地款待这两位神，可是他太穷了，要给这两位食量不寻常的神预备晚饭，实在有点为难。于是托尔就杀了他驾车的两只山羊，烧好了肉，让大家同吃。但托尔警告他们，不要折断羊骨，而且要把所有羊骨投在两张羊皮里。但农民的儿子提亚尔菲（Thialfi）受了洛基之愚，偷偷地将一根羊腿骨折断，而且吮去了中间的骨髓，以为不会被查出来。第二天，托尔用雷锤击打包着骨头的羊皮，两只山羊便又活泼泼地跳起来了，只是其中一只羊的腿稍微有些跛。托尔立刻知道是什么原因，很是生气。他本可杀尽农民一家，但最后还是宽恕了他们。作为补偿，农民

点评

“设法”一词告诉我们：人想做事总是有办法的，善恶在于自我的选择。也点出洛基本性难移。

人用一年学会说话，却用一辈子学习闭嘴。平时要存善心，做美事，坚持修为自我，修养成品德高尚的人。

字词释义

阴惨：阴沉凄惨。

点评

这里，洛基再次展现了他邪恶的一面，“多行不义必自毙”，我们不难猜出众神不可能任由洛基这么胡作非为，他早晚会为自己制造的各种恶作剧付出代价。

就让一子一女做托尔的侍从。因此提亚尔菲就成了托尔的亲随。

托尔他们徒步走进了巨人之国尤腾海姆的地界。天晚时，他们在路旁一间大房子里过夜，第二天才知道这所谓大房子原来是一只巨人用的手套，他们住的厢房就是手套的大拇指。这巨人自称斯克利密尔（Skrymir），愿意引导托尔等人到巨人之王那里去。那天晚上他们又在路边过夜，巨人拿他的干粮口袋给托尔他们，可是口袋上的结竟不是神所能解开的。巨人雷一样的鼾声使他们都不能安睡，托尔怒极，便取出雷锤来打巨人的头，连击三次，可是不但不能伤害他，反而使他的鼾声更响了。

点评

方向不对，努力白费。做事之前，一定要动脑，找到正确的方法。这样才会事半功倍。

第二天，巨人指点了到霜巨人的国度乌特加德（Utgard）的路，就和托尔等分别。托尔他们进了城堡，见了主人乌特加德罗基（Utgardloki，巨人之王），因为被嘲笑矮小，就提出比赛本领。洛基说他饿了，愿意先比赛吃。乌特加德罗基就命人拿来两长盘的肉，让洛基和他的对手——堡内的厨子罗吉（Logi）各吃一盘。洛基吃得很快，立刻就吃到盘的中央；可是他的对手早已连肉带骨头甚至带盘子都吞下去了。于是托尔说自己渴了，愿借堡内最大的酒角来喝水。乌特加德

点评

排比修辞法的使用，突出了神们在比赛中遭遇到的惨败，为下文做好铺垫。

罗基命人拿来一个大酒角，满满地盛着水。虽然托尔连喝三口，而且用尽全力地在喝，几乎要把肚子都涨破，然而斗内的水还是满满的。提亚尔菲建议赛跑。他的对手是一个叫修基（Hugi）的小孩子，虽然提亚尔菲跑得实在很快，可他还是失败了。托尔又提出比试气力，乌特加德罗基让他举起一只灰猫，尽管托尔将他的腰带收紧——这使他能有加倍的力量——但也只能把猫的一只脚抬离地面。最后托尔和乌特加德罗基的老乳母爱莉（Elli）角力，结果竟不能撼动这老太婆分毫，反而被对方压得单膝跪地。

这样在堡内过了一天，乌特加德罗基送神们出境，然后叮嘱他们不要再来了，因为他已经不得不用魔法来自卫了。他说路上遇到的巨人斯克利密尔就是他自己，手套和干粮袋是他用的魔法，而如果那天晚上他不是移了大山来挡住自己的头，那么托尔的雷锤早就把他打死了。他又说，和洛基比赛吃肉的厨子罗吉是烧尽一切的“野火”；托尔喝水的角直接连通大海，托尔的豪饮使海从此起了波浪；和提亚尔菲赛跑的修基是“思维”，世上不能再有一物比“思维”更快了；那猫也不是猫，而是环绕大地的米德加德巨蛇（Midgard Snake，即尤蒙刚德 Jörmungandr），

读书笔记

点评

“野火”毁灭一切，“思维”天马行空，“衰老”无可抗拒，一切注定失败。神也不是法力无边，不可战胜的。要学会面对这些不可对抗。

托尔几乎把它拖出海来；至于和他角力的老乳母爱莉则是“衰老”，衰老是不可抗拒的。

神们就这样被戏弄了。托尔气极了，拿出雷锤想击毁那城堡，可是巨人和城堡却全都不见了，眼前只剩一片浓雾。托尔他们只好返回，想要征服巨人之国尤腾海姆的雄图，也只好作罢。

但是托尔和霜巨人斗争而胜利的事情，却更多了。他和巨人赫朗格尼尔（Hrungnir）的决斗，就是很有名的。

巨人赫朗格尼尔有一匹好马古尔法克西（Gullfaxi，黄金之马）。有一天，奥丁骑着他的八足天马史莱普尼尔在空中驰过，正好遇见了赫朗格尼尔。赫朗格尼尔是一个傲慢的巨人，要和奥丁赛马。他一心要赢，竟没注意他们是在向阿斯加德跑去，直到瓦尔哈拉的门外，赫朗格尼尔才知道已经进了敌人的大本营。他并没赢，可是神们依然请他进来，款待以酒食，当他是一个好客人。赫朗格尼尔喝醉了，就大言日后要来毁灭阿斯加德，杀尽众神，只留美丽的希芙和芙蕾雅做老婆。神们知道他是浑人，都不理会，可是这话恰被托尔听见了，他立刻大怒，拔出锤来要杀死赫朗格尼尔。在自己家里伤害客人，是北欧人绝对不许的，所以神们全都来劝阻。于是托尔要求

百科知识

赛马：赛马是历史最悠久的运动之一。自古形式变化甚多，但基本原则都是竞赛速度。

点评

“祸从口出。”学会说话，良好的沟通能改变很多事情。

点评

凡事有所为有所不为，做人要有底线。

跟赫朗格尼尔决斗。赫朗格尼尔答应三天后，在他自己家的门外决斗。

赫朗格尼尔回去和别的巨人商量，心里很觉不安。因为他和托尔约好，可以有一个助手对抗托尔的随从提亚尔菲，于是赫朗格尼尔和他的同伴就用泥土造了一个巨人，有九英里[①]高，作为提亚尔菲的对手。可是没有那么大的人心可用，所以就在泥巨人的胸腔内放入了一颗母马的心。

决斗期到了，赫朗格尼尔和他的泥巨人等候托尔来。但先到的是提亚尔菲，赫朗格尼尔心想先杀死这随从，然后再和托尔打。他防着提亚尔菲从下盘来攻，就站在自己的盾上，不料托尔也到了，举锤当头打来。赫朗格尼尔用他火石制的大棒猛格一下，火石棒是碎了，赫朗格尼尔自己也被打死。只是碎火石纷飞，有一块碎片嵌进了托尔的前额。现在世界各处都可以找到燧石，那就是赫朗格尼尔的大棒的碎片。

托尔前额上的燧石碎片，后来虽经著名的女巫医格萝雅（Groa）用了卢恩文字的神咒来治疗，也还是没能完全取出来。而当赫朗格尼尔受伤扑倒在地时，他的一条巨腿压到托尔身上了，

点评

有些东西是无可替代的，为关键部位寻找替代品，注定以失败告终。

字词释义

决斗：过去欧洲流行的一种习俗。两人发生争执，相持不下时，约定时间、地点，并邀请证人，彼此用武器格斗。

百科知识

火石：火石既指人造合金打火石，又指矿物燧石。燧石是比较常见的硅质岩石，致密、坚硬，多为灰、黑色，敲碎后具有贝壳状断口。

① 1英里约等于1609.3米。

神们都不能把它移开。后来是托尔的儿子玛格尼（据说此时才不过三岁，或说刚生下来三天）前来挪开大腿，救出了父亲。那个硕大的泥巨人，也被提亚尔菲所杀。

点评

邪不压正，这是通行于世界的真理。

另一个有名的故事是说托尔的雷锤被窃。这也表现了北欧神话的基本色彩——善势力与恶势力之斗争，而最后的胜利还是属于前者。不过这一篇故事充满了北欧神话所特有的诙谐意味，很是有趣。故事是这样的：

托尔丢失了他宝贝的雷锤。这在阿斯加德是一件非常重大的事情，如果霜巨人们知道了，一定要来攻打阿斯加德。找回雷锤的任务，就交给了洛基。他向芙蕾雅借来鹰之羽衣，变化成鹰，果然在伊文河畔找到了偷锤的人：原来是破坏的暴风雨神，霜巨人中著名的首领索列姆（Thrym）。洛基用尽花言巧语，想探听出这位巨人的藏锤之处，可是没有效果。索列姆只在一个条件下才肯交还雷锤，那就是要娶美神芙蕾雅为妻。他曾见过芙蕾雅一面，对她垂涎已久。

点评

此时唯有洛基可担此任。所以，要以发展的眼光看待别人，因为人永远是在改变的。唯有以发展的眼光看待，方能实现人尽其用。

洛基回去和托尔商量，他们两个都觉得索列姆的条件太让人为难。但锤非拿回来不可，于是两位神姑且去游说芙蕾雅，请她为了神们全体的利益牺牲一下。芙蕾雅坚决不肯，洛基和托尔没

点评

垂涎已久：指因为想吃而流口水很久。比喻看到别人的好东西总想得到，已经很长时间。

“垂涎已久”一方面写出索列姆对芙蕾雅的渴慕，另一方面也突出了芙蕾雅的美。

有办法。这时海姆达尔想了一个计策——那也是不得已之计，请芙蕾雅将衣服和项链借给托尔假扮成芙蕾雅去哄骗索列姆。虽然雷神和美神的相貌差得很远，但如果托尔稍微变形一下，再罩上很厚的面纱，大概是可以瞒过一时的。洛基也换了女装，算是假的芙蕾雅的侍女。

索列姆准备了许多酒食，邀请了大批宾客，欢迎他的新妇。在宴席上，假新妇托尔吃了一头牛、八条大鲑鱼，以及为所有的女客们准备的饼和糖果。索列姆看得呆了。洛基低声解释给他听，因为新妇急于要来，已经有八天不曾吃饭了。索列姆想和新妇亲嘴，可是假新妇眼里冒火，使他不敢上前。洛基又解释说，这是新妇陷于恋爱狂热的表现。索列姆的姐姐向假新妇索取照例的礼物，假新妇直接不睬。洛基又轻声对诧异的索列姆说，新妇是恋爱得昏头昏脑了。

这样被洛基用甜言蜜语灌醉，索列姆便吩咐拿出那把锤来，放在假新妇手里，算是“定情”的信物。假新妇托尔立刻抓着，只几下，就把索列姆、他的家宅、他的客人，全部轰成灰烬。两位神得胜而归。

托尔的又一次冒险却是因为上了洛基的当。洛基借了芙蕾雅的鹰之羽衣，化身为鹰，飞到

百科知识

鲑(guī)鱼：原指一种大型的鲑科鱼类，通常称为大西洋鲑，后来泛指一切鲑科鱼类，尤指构成大马哈鱼属的太平洋鲑。鲑在海洋中为银白色，但生殖季节则体色发生变化，不同的种体色的变化亦不同。体延长，侧扁，被细小的圆鳞，侧线完全，多数种类的幼鱼体侧有黑斑点。

点评

“甜言蜜语”：像蜜糖一样甜的话。比喻为了骗人而说的动听的话。“甜言蜜语”有用有效，但有时限，是不会长久的，要想赢得他人信任，必须坦诚相待。

点评

洛基是为了自己的利益可以什么事情都做的人，没有底线。而做人，是要有底线的。

点评

“信以为真”：把假的当作真的。对于他人的言辞，我们要保持清醒，多思考，这样才能分辨真假，防止上当受骗。

点评

“害人之心不可有。”盖尔罗德本想害死托尔，反而失去生命，还害了自己的两个女儿。所以，人要存善心，行善事。

尤腾海姆去找冒险的事。他停在巨人盖尔罗德（Geirrod）的房子上，被盖尔罗德捉住了。看见鹰的眼睛炯炯有光，盖尔罗德断定这鹰一定是什么神假装的，便把鹰关在笼子里，整整三个月不给饮食。洛基饿极了，只好现出原形，又答应把空手的托尔骗到盖尔罗德家里，方得脱身。

洛基回去见了托尔，就编了一套谎话，说盖尔罗德如何好客，怂恿托尔和他同去做一次友谊的拜访。托尔信以为真，竟把他的三件宝物——锤、铁手套和魔法腰带，都留在家里，和洛基一同去了。半途中他们遇见女巨人格莉德（Grid），奥丁许多小老婆中间的一个。格莉德知道洛基有诡计，就把自己的腰带、棍子和铁手套借给了托尔。

盖尔罗德早有准备。他先令他的两个女儿格嘉普（Gialp）和格蕾普（Greip）钻到托尔的椅子底下，想把托尔弄死，但两个不中用的女巨人都被托尔压死了。盖尔罗德于是请托尔进里屋，那里有预先烧红的一块大橛形铁，盖尔罗德拿了对托尔掷过去。可是托尔眼明手快，早已把格莉德借给他的铁手套戴在手上，接过了烧红的铁，回手掷向盖尔罗德，烧红的铁穿透那巨人的身体，又把房子给打通了。盖尔罗德的尸身化为石头，直立在那里，像一座石碑，永远纪念着托尔的神力。

托尔是北欧最古老且最受敬爱的神，他的庙祀遍布各地。每年他的大祭必烧一大段橡树——夏的温暖和光明的象征，且以驱逐冬的寒冷和阴暗。红色是托尔喜爱的颜色，也被视为爱情的象征，所以北欧古代的新妇必穿红衣，而结婚戒指上亦必镶以红宝石。

和奥丁的神像一样，托尔的神像也以木制。传说当奥拉夫[①]在斯堪的纳维亚推行基督教的时候，大批的托尔神像都被他强迫烧了。但在某处有一个镏金的托尔神像，该处民众一定不肯毁掉，谓此像有灵，因为每夜供食物于像前，翌晨便消失不见。

当公元1030年，奥拉夫命令该地民众改奉基督教而必须毁掉那托尔神殿及神像的时候，民众就要求奥拉夫翌晨给他们一个有云的天，以证明基督教之能力。奥拉夫虔诚地祷告了一夜，第二天果然阴云。但民众又要求在次日给他们一个晴天。奥拉夫又祷告了一夜，可是翌晨还是阴云满天。于是奥拉夫召集民众在神殿前听他训话，

百科知识

橡树：又称栎树或柞树。壳斗科植物的泛称，包括栎属、青冈属及柯属的种，通常指栎属植物，非特指某一树种。栎属有615个种，其中450种来自栎亚属和188则是青冈栎亚属。

百科知识

镏金：一般指火法镀金。将黄金溶于汞中，成为浆糊状的金汞合金，用金汞合金均匀地涂到干净的金属器物表面，加热使汞挥发，黄金与金属表面固结，形成光亮的金黄色镀层。

① Olaf Ⅱ Haraldsson，995—1030年。

点评

水落石出：水落下去，水底的石头就露出来了。比喻事情的真相完全显露出来。

很多时候，我们不仅需要用眼睛看，还要多思考，多听，这样才能让自己更接近于事实，做更好的自己。

我的笔记

一面却嘱咐他的侍从当看见民众的注意力离开神像时，就用斧头将像劈碎。他望见天空微露阳光，就举手大喊道："看我们的上帝呀！"——民众都向空中看了，奥拉夫的侍从趁此机会，就用奥拉夫的战斧把托尔的神像劈倒。那像早已朽腐，应手而碎，一大群老鼠从像里逃了出来。于是神像会吃东西的真相就水落石出了。

拓展训练

（　）大（　）壮	（　）除不祥
（　）免于难	夜（　）天（　）
怒（　）可（　）	（　）拔（　）非
（　）（　）已久	不可（　）（　）
（　）言（　）语	眼（　）手（　）
阴（　）满（　）	（　）落（　）出

延伸思考

1. 乌特加德罗基揭示的谜底让你有何感想？

2. 托尔和赫朗格尼尔是怎样解决争端的？你如何评价？

3. 你如何评价洛基这一神灵？

日积月累

魁梧有力　高大硕壮　邀引福佑　夜尽天晓

怒不可遏　无可奈何　挑拨是非　蛊惑

撼动　垂涎已久　昏头昏脑　甜言蜜语

炯炯阳光　眼明手快　翌晨　虔诚

阴云满天　水落石出

我的笔记

第六章　勇敢及战争之神提尔

文前小问号

勇敢及战争之神提尔是怎样失去一只手的？你如何评价提尔的这一举动？

提尔（Tyr），或称吉乌（Ziu），是奥丁的儿子。他的母亲，或说是众神之后弗丽嘉，或说是波涛汹涌之海的人格化的无名女巨人。提尔也是阿斯加德的十二正神之一，但并没有他自己的宫殿，而是常住瓦尔哈拉。

好战的北欧民族当然以代表勇敢与战争的提尔为至尊的神，仅次于奥丁。北欧的勇士时常在打仗之前向提尔祈祷，就像对奥丁祈祷一样。提尔的武器是刀，刀在北欧武士眼中是神圣的，他们发誓常以“刀尖”的名义。有所谓“刀之舞”，勇士们举刀向天，成刀尖之山，而另一人超越过

字词释义

波涛汹涌：波浪又大又急。

点评

“勇者不惧。”勇敢精神值得崇拜，更值得学习！我们要培养勇敢精神。

之。又或以刀尖密接成轮形或玫瑰形，使他们中的首领（最勇敢者）站立于上，共抬之游行。

提尔的刀，据说也是铸造奥丁的矛的那个侏儒德瓦林所铸。谁能得到这把刀，就能征服全世界——每战必胜，可是他自己的性命亦必终于此刀。据古代的传说，此刀藏于奉祀提尔的神殿中，有一天忽然不见了，后来经过许多时候，出现在一个罗马人维提里乌斯（Aulus Vitellius，公元15—69年）手里，因而他就毫不费力地被举为罗马皇帝。可是他不善用此刀，终于又为一日耳曼兵士所得，即以此刀割了维提里乌斯的头。日耳曼兵士恃此刀所向无敌，老年埋刀于地下。于是又经过许多年，匈族（Huns）的战士阿提拉（Attila）无意中得之，遂成为无敌将军。据《萨迦》所述，阿提拉最后亦厌战，在匈牙利住下，想和美貌的勃艮第公主伊尔迪克（Ildico）成亲。但因伊尔迪克的家族是被阿提拉所灭，所以结婚之夜，伊尔迪克乘阿提拉酒醉，就又拿那刀割了阿提拉的头。

提尔是战争之神，所以那些瓦尔基里也受提尔的使唤。据说就是提尔带领着瓦尔基里在战场上挑选死者带回瓦尔哈拉宫中，准备在将来"神之劫难"时为神们作战。

点评

任何东西都有两面性，利弊方显平衡。所以，记得扬长避短，朝向善的方向多努力，让自己自带光芒，以柔克刚。

读书笔记

点评

独：此字本义是指单独，由单独义引申出孤单、独特、独裁、仅仅等义。

人与神皆不能十全十美，这就决定人生在选择，而选择的能力是需要加以培养的。

提尔被说成是独手的。关于这独手的解释，又各有不同。或谓因为刀只有一面锋刃，独手象征的意义亦即如是；或谓这是表示战争的胜利只能属于一方，不能两边都胜，而提尔既为战争之神，所以应该是独手，意即只能袒助一方。但是下面这个故事却是说明提尔为何只有一只手的最古老的传说。

洛基私自在尤腾海姆娶女巨人安格尔波达（Angur-boda，悲伤使者）为妻，生下三个妖魔孩子：一是芬里尔（Fenrir）狼，一是世界之蛇尤蒙刚德（Jörmungandr），一是死亡女神赫尔（Hel）。洛基秘藏着这三个孩子，不让神们知道。可是这三个孩子长得非常快，无论如何都隐藏不住。奥丁在宝座上也看见了，知道这三个孽种的厉害，立刻就到了尤腾海姆，一手提起赫尔，将她打入尼弗尔海姆的深处，令她在那里为冥世的主宰、死之国王。奥丁又把尤蒙刚德扔到海中，这妖精在海里不断长大，直到盘绕了大地，能自啮其尾。只有巨狼芬里尔被带到天上，因为奥丁想将它驯养，或许能有点用处。神们看见芬里尔，都惊恐失色。只有提尔是无所畏惧的，他喂这狼食物。

点评

恶终有一天会大白于天下，所以“慎独”非常重要，坚持“三省吾身”，不断修正自我，才能坚持走在正确的成长路上。

点评

面对芬里尔，诸神的态度和提尔形成鲜明对比。一是表现芬里尔的可怕，二是显示提尔的勇猛。

但是芬里尔迅速长大，而且野性也一天比一

天重，神们不得不设法将它捆起来，以免后患，因为在阿斯加德流血是不被允许的。神们造了一条极坚固的铁链，于是开玩笑似的对芬里尔说想试试它的力量有多大，要把芬里尔捆缚起来。芬里尔允许了，神们就把它缚得紧紧的。但是芬里尔用力一挣扎，这铁链就断得粉碎。神们假意称赞芬里尔的巨力，一面又赶快制造第二条更坚固的铁链，名为德洛米（Dromi，枷锁）。于是又一次请芬里尔就缚，结果这第二条铁链也不能抵挡芬里尔的力量。

神们乃派遣史基尔尼尔（Skirnir）到地下去找侏儒们造一条链子。侏儒们就用猫的脚步声、山的根、女人的头发、熊的侦伺、鱼的话音、鸟的口涎，这些古怪的东西，造成一条比丝线还细的绳子，名为格莱普尼尔（Gleipnir）。可是它比什么都结实，而且越拉越结实。

既然得到这根宝绳，神们便把芬里尔带到兰格维（Lyngvi）岛上，又请芬里尔试试力气。虽然这时候芬里尔长得更加强壮了，可却有点不放心这根细线。它提出一个条件，须得有一位神的手放在它的嘴里，它方能让神们捆起来。没有一位神愿意冒这个险。而永远无所畏惧的提尔挺身而出，把自己的右手放在芬里尔口中作为

点评

绳子由奇特的材料组成，一是显示大自然的鬼斧神工，二是表明芬里尔确实可怕，难以收服。

点评

关键时候方显英雄本色。提尔不愧为勇敢之神，当之无愧。

点评

美丽的传说里满满的悲壮。这个故事让我们读懂了北欧人崇拜提尔的理由。

抵押。结果，芬里尔被捆住了，提尔却成为独手。又因芬里尔叫得太响，神们便用一把刀撑住了它的上下颚，芬里尔的血流成一条河，名叫瓦恩（Van）。这样，芬里尔永远不能脱身，直到“神之劫难”到来，它才挣脱束缚，到阿斯加德报仇。

拓展训练

毫不（　　）（　　）　无所（　　）（　　）

（　　）（　　）而出

延伸思考

1. 提尔是怎么变成独手的？
2. 诸神是怎么征服芬里尔的？

日积月累

祈祷　毫不费力　所向无敌　惊恐失色

无所畏惧　挺身而出

我的笔记

第七章　夏与冬之神

文前小问号

夏与冬之神各是谁？他们之间有着怎样的关联？从这个故事中，你明白了哪些自然现象？

关于夏和冬的神祇，在北欧神话中有矛盾的两说：在天地创造之神话中，谓奥丁以斯瓦苏德（Svasud）的儿子为夏之神，以文德苏尔（Vindsual）的儿子为冬之神，但对他们没有详细的说明[①]。可是古代北欧的诗人又另有关于夏和冬的神话，而主宰夏和冬的神亦另有其人。

夏之神，就是为质于阿斯加德的伐纳神族（海与风之神们）中的一员，涅尔德（Njörd）。因为他又是风神及近海之神，所以涅尔德在海岸

百科知识

神祇（qí）：宗教观念之一，有其躯体形象。能对物质世界加以直接或间接影响。几乎所有的人类社会中，多少都存有这种概念，但因文化的不同，人们对神的认知却又千变万化。

字词释义

主宰：支配；统治；掌握。

---

① 参看第二章。作者注。

边有他自己的宫殿，名为诺欧通（Nôatôn，船城）；他在那里使凶险的波涛（这是荒海之神埃吉尔所激起来的）复归平静。涅尔德又是航海的商人和渔民的保护者，因为他是夏之神，而此两种事业也唯在夏季可行。

涅尔德被说成是一位极美貌的神，正当盛年，穿着短的绿衫，以贝壳和海草为冠，或戴棕色阔边帽，缀以鹰羽。据有些传说，涅尔德的第一个妻子是他姐姐妮尔苏丝（Nerthus）[1]；自从涅尔德到阿斯加德做人质后，就和她分离了。涅尔德是阿斯加德的正神之一，众神会议，他也列席。此外的时间，他总是待在自己的宫殿内。他最喜欢的动物是鹅。

涅尔德的第二个妻子却是个女巨人，就是暴风巨人提亚西的女儿。

据说，众神救了伊敦回来，而且烧死了化为鹰的提亚西之后不久，阿斯加德忽然来了一位不速之客——那是一位女性，自称提亚西的女儿，特来要求公道。虽然是老而丑陋的暴风巨人的女儿，但这位女巨人斯卡蒂（Skadi）十分美丽：

读书笔记

字词释义

盛年：青壮年。

点评

对斯卡蒂的外貌描写，突出其人物个性：冷静又高傲。

① 她在日耳曼被等同于弗丽嘉，但在斯堪的纳维亚，为独立的神。作者注。

银色的铠甲，发光的钢矛，尖头羽箭，短小轻便的白色猎衣，白色毛皮的裹腿，阔头的雪靴。对于这样一位美丽的女巨人，神们也只能给她公道了。他们请求与斯卡蒂和解，但是斯卡蒂不肯，一定要一命抵一命。她冰霜似的雪白面庞上，一点笑容都没有。洛基见事情僵了，想先得斯卡蒂的一笑。他弄进一只猫来，做出种种滑稽的动作，神们都大笑了，斯卡蒂也忍不住扑哧地笑出一声。

点评

此时的洛基是大家的开心果，既活跃了气氛，又化解了矛盾。

趁这机会，神们就又力劝斯卡蒂和解。他们说，对于她已死的父亲，他们也颇为尊重，所以特地把他的一对眼睛放在北方的天空上成为一对星，他们还将那亮闪闪的星星指给斯卡蒂看。最后神们就提议请斯卡蒂在神中选择一名作为自己的丈夫。选择的方法是，众神都拿布蒙了头面，只把光脚露出，让斯卡蒂选脚，选中了谁的脚，谁就是她的丈夫。斯卡蒂也答应了。她选中了一双很好看的脚，以为这双脚的主人一定就是光明神巴尔德了，因为她对巴尔德的英俊容貌早已十分中

点评

环境造就人。当人不能适应环境，就会被环境淘汰。人要生存，首先要学会适应环境。

意。但是不料揭开蒙脸的布来看时，却不是巴尔德，而是涅尔德这位夏与海之神。

斯卡蒂微觉失望，但也欢欢喜喜地和涅尔德同到海边的诺欧通宫，预备过蜜月。在这里，斯卡蒂却不习惯了。波浪的声音、海鸥的鸣噪，时时打搅了她的清梦。她渴望回到她的老家索列姆海姆。

涅尔德很爱他美丽的妻子，于是同意和斯卡蒂到北方她的家乡去住九天（那就是九个月），但现在涅尔德不习惯了。寒风吹过松林的凄声，冰澌雪崩，狼的嗥叫，也使得身为夏之神的涅尔德梦魂不宁。他渴盼着九天的期限过去，好再和斯卡蒂住在海边他的诺欧通宫。

这样，在每十二天中，三天住在诺欧通，九天住在索列姆海姆，这使得他们都感到痛苦。结果，二人都知道爱好不同的他们无法相合，就同意离异。斯卡蒂此后永远住在她的家乡，重过起了她那打猎的生活。据另一传说，她后来又成为奥丁（半历史的奥丁）的妻，生下一子，是为挪威王室的始祖。

这一段故事是说明夏与冬之循环的。斯卡蒂，冬季之人格化，冰霜的脸上没有一丝温和的笑容，但终于被象征南风和火的洛基引出笑脸，

百科知识

海鸥：体形较大，喙端具钩，尾常为圆形。常浮于水面，但不能潜水。以海滨昆虫、软体动物、甲壳类以及耕地里的蠕虫和蛴螬为食；也捕食岸边小鱼，拾取岸边及船上丢弃的剩饭残羹。有些大型鸥类掠食其他鸟（包括其同类）的卵和幼雏。

点评

涅尔德希望环境来适应自己，所以最后只有逃离。如果尝试着去改变自己，或许环境对自己的影响就没有这么大了。

且接受了涅尔德——夏的拥抱。然而她的爱情不能长于三个月——那是北欧的夏季。涅尔德和斯卡蒂同住在北方的九天，则是暗示一年中夏离人间的九个月。夏与冬的交替，就这样有了原始的说明。在这个意义上，斯卡蒂是冬之女神。她也是冬季旅行者的恩神：她指引那些挣扎于冰天雪地之中的雪橇，使之能安然到达目的地。同时她又是猎神，常被说成带了弓箭，身边跟着一头像狼一样大的狗。

北欧神话中又有一位冬之神，却是男神，并且一说和涅尔德离婚后的斯卡蒂又嫁给了这位男性的冬之神为妻。

这位男性的冬之神，唤作乌勒尔（Ullr），是女神希芙的儿子，托尔的继子。因为乌勒尔喜欢寒冷，所以常常穿着他的雪靴满山跑。这位神灵据说也是喜欢打猎的，每到冬季，他就不怕冰雪，在北方森林中狩猎，身上穿着极厚的皮大衣。被视为猎神的他，常带着一张大弓，满袋的好箭。因为制弓箭的好材料是紫杉木，所以紫杉是他的爱树，他的住处就在紫杉最多的伊达利尔（Ydalir），终年阴森的一个地方。

被视为冬之神的时候，乌勒尔的地位仅次于奥丁。据说当奥丁冬季不在阿斯加德的时候，乌

点评

神话中的角色所编织而成的故事，离不开当地当时的大自然，他们的不可改变，预示着自然规律是周而复始、循环往复的。

百科知识

紫杉：即红豆杉。红豆杉科红豆杉属一种常绿乔木或灌木，植株可高达30米。叶披针形或针形，螺旋状排列或交互对生。由于叶子四季常青，红豆杉有时会作为庭院观赏植物种植。红豆杉是第四纪冰川遗留下来的古老树种。因其生长缓慢、发育困难而极为稀少，红豆杉被称作“植物界的大熊猫”。

勒尔就僭窃了奥丁的大位，且占有了奥丁之妻弗丽嘉，正如先前说过的维利和伟的故事一样。但当冬季过去，奥丁回来，这个僭窃者就被赶到了北方的不毛之地。

他又是有名的行动迅捷的神，他的雪靴既可以行陆，也可以行水。因为北方人的雪靴的形状很像一个盾，所以他又有“盾神”的绰号，人们在决斗时往往求他佑护，呼着他的名字。据说，在斯卡蒂和涅尔德离婚后，他就娶了斯卡蒂为妻，因为两人的嗜好相同，所以他们的生活过得很和睦。

他是冬之神，所以雪是受他的命令的。民众祈求他降雪以期来年有好收成，因而他亦得民间相当的敬仰。照耀北方夜间的极光，据说也是乌勒尔所降下的，因此他又被视为光明神巴尔德的亲戚，或谓他和巴尔德是患难之交，因为两人每年都要在死亡之国的地下躲避若干时候。但乌勒尔是在夏季往地下躲，而巴尔德则是在夏末的时候：那时昼间的光阴渐渐缩短，这位光明神就不

字词释义

不毛之地：不生长草木庄稼的荒地。形容荒凉、贫瘠。

字词释义

嗜好：爱好。

点评

他们之所以“患难之交”是两人都有共同的难题需要面对，在共同的面对中结成友谊，看得出二人感情的深厚。

我的笔记

得不躲到地下去了。

拓展训练

不（　　）之地　（　　）小（　　）便
（　　）（　　）抵（　　）（　　）　滑（　　）
扑（　　）　（　　）（　　）不宁
冰（　　）雪（　　）　（　　）天（　　）地
（　　）窃　不（　　）之（　　）
行动（　　）（　　）　（　　）（　　）之交

延伸思考

1. 你从涅尔德和斯卡蒂的故事中了解到哪一自然现象？你如何评价他们的故事？

2. 读了乌勒尔和斯卡蒂的相处故事，你认为人与人之间应该如何相处？

日积月累

不速之客　丑陋　滑稽　鸣噪　清梦
冰澌雪崩　梦魂不宁　渴盼　冰天雪地
雪橇　不毛之地　患难之交

第八章　光明神与黑暗神

文前小问号

伐拉预言霍德尔将杀死巴尔德。霍德尔和巴尔德本是一对孪生子，他们为什么不能共存？

光明神巴尔德（Balder）和黑暗神霍德尔（Hodur）是奥丁和弗丽嘉所生的一对孪生子。这对兄弟在体格和性情上都是完全相反的：霍德尔——黑暗之人格化，总是阴沉、忧郁、寡言少语，而且眼睛看不见；巴尔德——光明之人格化，英俊、天真、愉快，他的金发和白皙的脸像永远在放射光芒。万物热爱他，而他也热爱万物。

点评

性格决定人生，如巴尔德这样阳光的人，带给人的是正能量和快乐，让人喜欢接近。所以，努力做一个充满正能量的人，给身边人带来快乐，让他人因自己的存在而幸福。

巴尔德发育得极快，早已受邀列席于十二位正神的会议。他住在布列达布利克（Breidablik）宫内，这宫殿以白银为顶，黄金为柱，清洁光明，毫无纤尘。他的妻子是尼普（Nip，蓓蕾）的女儿南娜（Nanna，盛开之花），青春美丽而且娇柔的一位女神。但是不知从什么时候起，这位永远快活的巴尔德悒悒不乐。他的蓝眼睛里的光彩消失了，脸色憔悴了，步伐也开始凝重。奥丁和弗丽嘉看到他们可爱的儿子变了样，就问他是什么原因。经询问之后，巴尔德才说自己近来睡梦不宁，常常有些异常的威胁的噩梦来打扰他平静的灵魂，虽然醒时不能全记起来，却使他心中充满了无形的恐怖。奥丁和弗丽嘉也很感不安，弗丽嘉为了预防，就派她的侍女出去找宇宙万物，要它们立誓不伤害巴尔德。因为光明是万物共爱的，所以万物都立誓不伤害这位光明之神，只有瓦尔哈拉宫外一株橡树上长的小小的槲寄生（mistletoe）除外。但这草是这样的幺小柔弱，一定不可能对巴尔德造成什么损伤。

奥丁却另有一种打算。他驾上他的八足天马史莱普尼尔，经过虹桥，直向尼弗尔海姆的死亡之国去找长眠在那里的女预言者伐拉（Vala）问休咎。当他经过冥王赫尔的宫殿外时，看见宫中正铺陈了盛筵，似乎在等待着什么贵客。奥丁不管，径直走到伐拉的棺旁，用卢恩咒文唤起那位长眠的女预言者。

字词释义

悒（yì）悒：忧愁不安。

点评

细节决定成败。大家想到了很多预防措施，却单单忽视了小小的槲寄生的潜在威胁，为下文埋下了伏笔。

百科知识

槲寄生：被子植物真双子叶植物檀香目檀香科桶寄生属的一种。灌木，雌雄异株，绿色或黄绿色。顶端分枝，二歧、三歧或多歧分枝，圆柱状，小枝节稍膨大。叶对生或互生，叶柄短，叶片椭圆形或长圆状披针形，基部渐狭，先端钝或圆形。

伐拉徐徐从棺中起来。奥丁假装一个普通人，问她冥王的盛筵是为了款待什么人。伐拉毫不犹豫地回答，是为了巴尔德，巴尔德将被他的孪生兄弟、盲人霍德尔所杀。奥丁又问，谁将为巴尔德复仇呢？伐拉说琳达将为奥丁生一个叫伐利（Vali）的儿子，这孩子生下之后即不洗脸不栉发，直到报了巴尔德的仇。奥丁的第三个问题是：谁将不为巴尔德的死而悲伤？这一问却引起了伐拉的疑心。她猛然一看，知道眼前的生客就是奥丁，便再不回答，重睡到棺材里，无论如何也不起来了。直到“神之劫难”到来，女预言者伐拉方能从长眠中醒来。

奥丁回到阿斯加德，听到弗丽嘉告诉他，世间万物都已立誓不伤害巴尔德，方才略为宽心。神们都知道了弗丽嘉的计划已经成功，大家都很高兴，便在游戏场上消遣。他们平时喜欢的游戏是掷金饼，但现在厌烦了，就利用那万物都不伤害巴尔德的消息来做一种新游戏。大家把各式各样的武器——矛、刀、锤、箭，都向巴尔德掷去。因为万物都已立誓不伤害这位光明之神，所以这些武器到了巴尔德跟前就自动坠落或偏斜而去。神们哄笑着，围绕着巴尔德这个永不能打中的“靶子”掷矛射箭。

字词释义

栉（zhì）发：梳理头发。栉，梳子和篦子的总称。

埋伏笔

前文中，伐拉预言霍德尔将杀死巴尔德。奥丁听弗丽嘉说世间万物立誓不伤害巴尔德后，感到宽心，众神也拿各式各样的武器掷向巴尔德，但这些武器根本不会伤害到巴尔德，众神以此寻开心。这与伐拉的预言完全矛盾。巴尔德的命运究竟如何？这里埋下了一个大大的伏笔。

点评

没有对比，就没有伤害。因为巴尔德的存在影响了洛基，不知不觉伤害到他，使他起了害人之心。

正坐在自己的宫殿里纺织的弗丽嘉也听见这笑声了。此时有一个老妇人走过，然而这老妇人是洛基的化身。洛基——火之人格化，早已暗暗妒忌巴尔德这位光明神，因为巴尔德的光明掩过了洛基的火，而且巴尔德为人人所爱，洛基却为人人所憎畏。现在弗丽嘉询及为何会有这笑声，洛基就说神们的新游戏是怎样怎样出奇。弗丽嘉很满意地说，当然，因为万物都已立誓不伤害巴尔德，只有那瓦尔哈拉宫外树上的槲寄生除外。但这草太幺小柔弱，根本不能伤害她这光明的儿子。

洛基探得了这秘密，立刻就到瓦尔哈拉宫外取这槲寄生来，用魔法使其变得坚硬而粗大，然后削成一支小棒。他拿这槲寄生变的小棒，到神们游戏的场所找霍德尔。这位盲眼的神独自坐在树下，并没参加游戏。洛基授予其槲寄生小棒，劝他也去掷一次。霍德尔盲目地奋力一掷，这小棒不偏不歪，正中巴尔德的要害，就此杀死了这位光明之神。

点评

有心做事，总能找到方法。所以，我们遇到问题时，不要给自己找借口，要为解决问题找方法。

神们虽然用尽全力，却还是不能使巴尔德复活。弗丽嘉坚持要一位神到冥土去找冥王赫尔索回巴尔德的灵魂。这是一件麻烦的差事，神们都不敢去，后来是赫尔莫德愿意前往。于是奥丁把他的八足天马史莱普尼尔借给赫尔莫德。

另一边，巴尔德的遗体被移到了他自己的宫殿里。奥丁命令神们到森林中砍取最大的松树来，准备给巴尔德的尸体举行庄严的火葬。

神们砍倒了许多古松，带到海岸边，装在巴尔德的龙船灵舡（Hringhorni）的甲板上，火葬就要在这船上举行。巴尔德的尸身则盛装安放在那些积薪之上。按照火葬的规矩，神们把各种兵器和送葬的礼物都放在巴尔德的尸体旁。奥丁的送葬礼物是他的魔法指环德罗普尼尔，因为象征着光明和春天的巴尔德既死，那么象征着“生产丰饶”的德罗普尼尔当然与之俱亡。

神们又走到巴尔德的遗体旁，做最后的诀别。当巴尔德美丽的妻子南娜走过来的时候，她的心碎了，伏在巴尔德身上，也死了。于是神们就把南娜放在巴尔德身边，准备一同火葬。他们又杀了巴尔德的马和狗，用棘枝围绕着积薪。

一切都准备妥当，变成了火葬船的灵舡须得下水了。可是因为船上堆的积薪和殉葬品太多了，神们全体的力量也不能推动这条船。这时在山上观看的巨人们就说他们知道有一位名为希尔罗金（Hyrrokin）的女巨人能够推动。于是神们请其中一个暴风巨人去叫希尔罗金来。希尔罗金

点评

事物之间是相互关联的，所以我们在低头耕耘的同时一定要记得抬头看方向，注意与周围建立良好的关系，这样更有利于自己走远走好。

百科知识

甲板：船体的重要构件，是船舶结构中，位于内底板以上的平面结构，用于封盖船内空间，并将其水平分隔成层。

字词释义

棘（jí）：泛指矮小的有刺的草木。

骑着一条狼来，用力一推，连巨浪都冒出火花，船终于下水了。托尔举锤（那是葬礼的仪式）点火，积薪俱焚，船像快箭似的冲开海水向西航去，满海都耀着火光。船愈去愈快，到了西方的水平线时，已将天空和海水都映成赤色，然后宛如一轮火球般，巴尔德和他的灵舡都没入海中不见了。最后，黑暗笼罩大地，神们回到了阿斯加德。

失去了光明和欢乐的阿斯加德，到处都是凄惨的景象。只有弗丽嘉还怀着希望，她盼望赫尔莫德赶快回来，报告使命的成功。经过了许多困难的赫尔莫德此时也到了冥国，他看见巴尔德垂头丧气地坐在那里，南娜紧紧地抱住他。赫尔莫德把来意告诉巴尔德，不料这位神却摇头说，他知道命运如此，必须在此住到“神之劫难”。但是他劝南娜回去。南娜把巴尔德抱得更紧，说没有这可爱的光明的丈夫，她不愿独自活在世上。

赫尔莫德便径直去见冥王赫尔，请求释放巴尔德。赫尔静静地听完了他的陈述，最后方说，如果地上万物，无论有生命的还是无生命的，均能为哀悼巴尔德而落泪，那她就会让巴尔德回来。

这个条件虽然苛刻，可赫尔莫德高兴极了。

字词释义

薪：柴火。

点评

有希望就有未来。坚持给自己希望，就会有行动的动力。

字词释义

垂头丧气：形容失望或受到挫折时情绪低沉的样子。

点评

条件苛刻，却给人以希望。有希望就有行动的动力。

点评

从“高兴极了”这四个字，我们可以看出赫尔莫德是真心渴望巴尔德回来，是向往光明的。

他知道巴尔德为万物所爱，万物都一定会为巴尔德落泪的。于是他赶快回到阿斯加德，还带了巴尔德送还给奥丁的魔法指环德罗普尼尔，还有南娜送给弗丽嘉的一条绣花地毯，以及送给芙拉（弗丽嘉的第一侍女）的指环。

阿斯加德的神们听了赫尔莫德的报告，立刻派出无数使者，从南至北，从东至西，宣示这个条件。使者们经过的地方，树木花草都掉泪了，土地因为哭泣而变得潮湿，即使是石头和金属那样坚硬的心，也掉下泪来。但当使者们向阿斯加德返回的时候，看到一个大洞，深黑无底，一个女巨人庞大的身躯正从洞里出来。这个女巨人名为索克（Thok），或说即洛基化身。当使者们向她要求一点眼泪的时候，她讥笑使者们，又钻回洞去，说她绝不为巴尔德洒一点眼泪，并且希望冥王赫尔永远不放巴尔德回来。

点评

“立刻”一词让人感受到众神盼望巴尔德归来的急切心情。

所以巴尔德终于没能回来，但预言是必要应验的。当奥丁达到了以琳达为妻的目的时，琳达将生一子，名为伐利，这个孩子一生下来就拿弓箭射死了黑暗之神霍德尔，为巴尔德报了仇。

这就是光明之神和黑暗之神的始末。这个故事的意义是很明白的。光明之神巴尔德象征着太阳，巴尔德的死后火葬就暗示着太阳的西没。巴

点评

读着神秘的神话，品味着诸神所代表的大自然的现象，你是否对神话有了更透彻的理解？

尔德之必然为霍德尔所杀，也暗示着白昼必然地要继以黑夜。洛基象征着火，和天上自然的光明是相对的，所以洛基嫉妒巴尔德。树木花草以及石头金属所洒的泪象征了冬去后作为春之先驱的潮湿。索克是“煤”，她住在地下，不需要光明，所以她绝不落泪。巴尔德和南娜在冥土托赫尔莫德带给奥丁和弗丽嘉的东西，象征着虽在寒冬之时，春立苏醒的消息已经先来：指环德罗普尼尔是“生产丰饶”的象征，而南娜的绣花地毯则暗示着铺满花草的大地。而在道德的意义上，巴尔德是代表了善的势力，霍德尔是代表恶的。洛基则是“诱惑”，由于“诱惑”从中作祟，恶势力

倾覆了善势力。

百科知识

煤：被广泛用作天然燃料的黑色或褐色层状固体可燃有机岩。地质历史时期沼泽中植物遗体，在覆水缺氧或少氧的环境下，经生物化学作用被部分分解并埋藏后，在温度、压力增高的条件下，经受地质作用转变成煤。按照成煤物质的堆积方式，分为原地堆积煤和异地堆积煤；按照成煤原料和煤聚积环境，分为腐殖煤、腐殖腐泥煤、腐泥煤；根据煤化程度，分为褐煤、烟煤、无烟煤、超无烟煤。中国是世界上用煤最早的国家。春秋战国时期称煤为“石涅”，汉、魏、晋时期称煤为“石墨”或“石炭”，使用“煤”这一名词始于明朝。

点评

巴尔德是光明之神，代表善，霍德尔是黑暗之神，代表恶。霍德尔杀死巴尔德，代表黑暗战胜了光明。伐利杀死了霍德尔，则说明黑暗只能暂时战胜光明，善终将战胜恶。这给了人们向善的坚定信心。

读书笔记

为巴尔德报仇的伐利，是象征了渐长之夏日的神。他是琳达与奥丁所生的儿子，伐利成长得很快，一天之内就长大成人，没有洗过脸，也没有梳过头，就拿了弓箭，射杀了盲眼的黑暗之神霍德尔。他也是阿斯加德的十二位正神之一，关于他的简短故事就说明了阴暗的长冬，以及之后新光明的再临。在“神之劫难”后，旧的神祇都死了，伐利是宇宙重生后的神。

奥丁得到琳达的故事也是北欧神话中说明寒暑循环之自然现象的许多故事之一。据《大埃达》所记，琳达的故事如下：

鲁瑟尼斯（Ruthenes，即俄国）国王比尔林（Biling）有一独生女儿，名为琳达。虽已到了出嫁的年龄，可她不肯选择夫婿。比尔林的国家正在遭受侵略，但比尔林太老了，不能打仗，又没有可信托的勇士，因此比尔林颇为忧虑。一天，比尔林的宫殿里忽然来了一位生客，他穿着灰色的外套，戴一顶阔边的帽子。这人就是奥丁，他是为了得到琳达的爱而来的。他替比尔林带兵，打败了敌人，然后请求娶琳达为妻。比尔林答应了，可是当奥丁（人们并不知道是奥丁）在琳达面前说出他的意思并想要和她亲吻的时候，琳达在这位求爱者的脸上重重地打了一下，就跑了。

奥丁第二次假装为一个银匠，再到比尔林的宫里。他用金和银铸成了各种精巧的工艺品献给比尔林，而且不要别的报酬，只愿得琳达为妻。结果，他又吃了琳达一记结实的耳光。

第三次，奥丁变成年轻的武士。不料琳达也不爱少年人，很粗暴地推开奥丁，竟使他跌了一跤。这把奥丁激怒了，他念出卢恩文字的神咒，对琳达一指，琳达就昏倒了。当琳达再醒时，年轻武士已经不见，琳达则成了失心疯。医生们都没有办法。后来有一个自称为瓦克（Vecha，或Vak）的老妇人说自己能治琳达的病。这老妇人其实又是奥丁，他先用热水给琳达洗足，继而说要治琳达的病，须得有一间密室，而且要把琳达手足束缚。这样，奥丁就强迫琳达做了他的妻子。

在这里，琳达是冰冻的大地之人格化，坚执地拒绝了太阳（奥丁的象征）的拥抱。但在春雨到来时（即奥丁用热水给琳达洗足），冻地终于回春，从寒冰下解放，接受太阳的拥抱。然后，渐长的夏日——伐利也出来了。

百科知识

工艺品：通过手工或机器将原料或半成品加工而成的产品，是对一组价值艺术品的总称。

点评

为了达到目的，奥丁第一次化作普通客人，第二次化作银匠，第三次化作武士，第四次化作老妇人，直至达成目的。由此看得出奥丁对儿子巴尔德的爱，对达成内心愿望的坚持。

我的笔记

拓展训练

(　　)(　　)不乐　　(　　)头(　　)气

毫不(　　)(　　)

延伸思考

1. 巴尔德受人欢迎的原因是什么？对你有什么启示？

2. 奥丁为了儿子所做的一切对你有怎样的触动？你的父亲在你成长的路上做了些什么？你想对他说什么？

日积月累

清洁光明　悒悒不乐　憔悴　凝重

噩梦　恐怖　幺小柔弱　休咎　盛筵

毫不犹豫　消遣　各式各样　妒忌

憎畏　授予　不偏不歪　诀别　积薪

径直　苛刻

第九章　美与爱之神芙蕾雅

文前小问号

在北欧的习俗中，新娘为什么戴着安石榴花？

芙蕾雅（Freya），北欧神话中的美与爱之神，是涅尔德的女儿。在日耳曼，她和神后弗丽嘉被混为一谈，但在挪威、瑞典、丹麦和冰岛，她是独立的神。

当芙蕾雅和她的父亲到阿斯加德做人质的时候，神们惊羡于她非凡的美貌，立刻将弗尔克范格（Folkvang）之地及一座名为瑟斯瑞尼尔（Sessrymnir）的大宫给她住。这宫殿非常之大，能够容纳芙蕾雅军队一样多的客人。

虽然芙蕾雅是掌管美与爱的女神，可这并不专指女性的美和儿女情长的爱情。另一说，她也

字词释义

人质：意思是被俘虏者掳走的人。这词最早的用意是指在战争里，某一方将敌人的人捉走，然后向敌方提出条件，以方便威胁对方。

点评

惊羡：又是惊讶，又是羡慕。

由“惊羡”可以得见芙蕾雅美的程度，不愧为美与爱之神。

有极纯正的阳刚的性格，领导着女武神瓦尔基里们到战场上挑选战死的勇士，一半的勇士归她带去，安置在瑟斯瑞尼尔大宫，这里的一切待遇和奥丁的瓦尔哈拉宫相同。除了这些战死的勇士以外，世间纯洁的少女及忠实的妻，死后亦得入此瑟斯瑞尼尔大宫，与所爱者团圆。这种生活是北欧的英雄的女子醉心的理想生活，因希望入此宫而殉夫的女子，据说在古代北欧是很多的。人们关于恋爱的祈求，芙蕾雅也会留心听取。她经常尽力撮合那些恋人成为一对儿。

因为代表英雄的阳刚之美，芙蕾雅的上半身是战士的装束，着金铠、戴盔、执盾与矛，下半身方是平常女子的装束。

芙蕾雅也被视为大地的人格化。北欧神话用了许多女神来代表大地各方面的形象，现在这里又是一例。在这个意义上，她的丈夫是象征着夏日的奥都尔（Odur）。北欧神话又常用许多男神来代表太阳在四季中的各种形象，夏天的太阳除已有伐利和弗雷作为象征，此又为一例。芙蕾雅很爱她的丈夫，生两女，一名赫诺丝（Hnoss），一名格尔塞蜜（Gersemi），是极美丽可爱的两个女孩子，她们的名字也因此成为一切可爱可贵之物的通称。

字词释义

团圆：团聚在一起。

醉心：沉迷，倾心，佩服。

读书笔记

但是奥都尔的爱情却没有那么专挚。和芙蕾雅同居时间一久，奥都尔厌了，忽然出门漫游，不知所踪。芙蕾雅孤寂地守在家里，伤心坠泪。她的泪水滴在石上，石为之软，滴在泥中，深入地下化为金沙，滴在海里，化为透明的琥珀。经过了许多时候，不见奥都尔回来，芙蕾雅自己出门寻访。她走遍了世界各处，且哭且寻，因此世界各处地下都有黄金。

后来，终于在阳光照耀的南方的安石榴树下，芙蕾雅找到了奥都尔，那时芙蕾雅快乐得和新娘差不多。为纪念这棵安石榴，直至今日，北欧的习俗新娘都是戴着安石榴花的。

奥都尔又被视为“热情”的象征，这便是芙蕾雅之所以追逐而不舍的缘故。

芙蕾雅当然是极喜欢首饰的。她从黑侏儒处得了一条黄金（或称珍珠）的项链，更增加了她的美丽。她这金项链从不离身，只借过托尔一次（托尔乔装芙蕾雅为了抢回雷锤），洛基曾设法偷这金项链，幸得被守望神海姆达尔看见，才未偷成。

鹰之羽衣也是芙蕾雅的一件宝物。披上这件衣服，就可以变身为鹰。这件衣服，曾经屡次借给洛基。

字词释义

不知所踪：不知道行踪或下落。

点评

眼泪化作黄金或者琥珀，看得出芙蕾雅寻找时内心之急切以及对其思念之苦，这些都源自她对奥都尔的爱之深。

点评

屡次：反复，一而再，再而三的意思。

通过“屡次”一词，我们可以感受到芙蕾雅不吝啬、乐于助人的品性。

芙蕾雅常和她的哥哥弗雷同车出去，很慷慨地撒布弗雷的金车里的花果到世间。不过芙蕾雅也有她自己的车子，由两只猫拉着。据说这象征了柔和与肉感的猫，是芙蕾雅心爱的动物。

虽然芙蕾雅的正式丈夫是奥都尔，可是和她发生过关系的有很多。自神们以至巨人和侏儒都渴望得到芙蕾雅为妻。她的金项链就是这么换来的。可是芙蕾雅不喜欢巨人，索列姆偷了托尔的雷锤，要以芙蕾雅来交换，虽然托尔亲自去求，芙蕾雅却坚决不肯。至于男性的神祇们，正如洛基后来骂芙蕾雅的那样，都曾和芙蕾雅有过肉体关系。

拓展训练

惊（　　）　（　　）女（　　）长　（　　）合

（　　）束　不知（　　）（　　）

延伸思考

1. 读了这则神话，你如何评价爱与美之神芙蕾雅？

2. 北欧神话中都用女神分别代表什么？

我的笔记

我的笔记

日积月累

惊羡　容纳　儿女情长　撮合　专挚

不知所踪　紧追不舍　缘故　屡次

慷慨　神祇

第十章　命运女神

文前小问号

诺恩三姐妹的名字分别是什么？她们分别代表什么？

北欧神话里的命运女神统名为诺恩（Norns），她们不是神们的隶属，也不是他们的同僚，诺恩们的判决是连神也必须服从的。她们决定了神们的命运，也决定了人类的命运。

诺恩是姐妹三个，大约是巨人诺尔维（Norvi）的后代，这个诺尔维就是女神诺特的父亲。当神们的黄金时代告终，罪恶渐渐产生在这宇宙间，甚至阿斯加德也无可避免的时候，诺恩三姐妹就在生命之树伊格德拉修旁边出现，定居在乌尔达泉旁——这是神们天天举行会议的所在。据有些神话学者说，诺恩三姐妹的职责是以

字词释义

隶属：意思是受统辖、管辖、从属。

字词释义

定居：在某个地方固定地居住下来。

将来的罪恶警告神们，告诫他们珍视现在，并且告诉他们全部过去的历史。

这三姐妹名为乌尔德（Urd）、贝璐丹迪（Verdandi）、诗蔻蒂（Skuld），分别代表了过去、现在、未来这三种时间。她们的主要任务是织造命运之网，每天从乌尔达泉中汲水浇灌生命之树伊格德拉修，并在树根上壅培新土，好使这圣树生机勃勃，永葆新绿。或谓她们还有一项工作是看守那些在生命树枝头的青春之苹果，只许春之女神伊敦来采。

诺恩三姐妹又饲养了一对鹅，这是世上鹅的始祖。有时，她们亦自己化成鹅到地上来游戏，像鲛人一样在湖沼河川中游泳，时时将未来的事情指点给人类。

诺恩们有时织出了很大的命运之网，一端起于极东的高山，又一端则入于极西的西海。网的线很像羊毛，颜色却随时不同，如果有一条自南而北的黑线，那就是死丧的标记。三姐妹投梭织造的时候，常唱一种庄严的歌，似乎她们并不是依了自己的意志而织造，却是盲目地在遵从、执行着“万物之主宰”（Orlog）的意志；“万物之主宰”乃宇宙间的永在律，是最古老且最高的力，是无始无终的。三姐妹中的乌尔德和贝璐丹

点评

唯有反思，方能看清现在，看到过去，方能更加珍视现在，从而对命运多些把握感。

百科知识

鲛人：神话传说中鱼尾人身的异人。又名泉先、泉客。鲛人像鱼一样居住于水中，流出的眼泪，可化为珍珠。

点评

无始无终：无起始，无终了。表示无丝毫时间限制的状态。

“无始无终”让我们品味出宇宙间的生生不息，循环往复。宇宙无涯，而生命有涯，唯有把握好每一个现在，才是对生命最好的珍惜。

迪是好性情的人，至于第三位诗蔻蒂，脾气却不大好，常把快要完成的网撕得粉碎，抛在空中随风飘散。

因为这三姐妹代表了时间的三种状态，所以长姐乌尔德老而衰颓，常常向后回顾，似乎念念不忘过去的什么人或什么事；二姐贝璐丹迪则正在盛年，青春、活泼、勇敢，目光直向前方；至于诗蔻蒂这老三呢，通常是神秘地躲在面纱后，不示人以真相，脸向着的方向和乌尔德相反，手里拿一本书或一卷纸，都是不打开，以表示未来是神秘不可知的。

每天都有神来找这三姐妹谈话，问以各种事情，求她们给以指点。甚至奥丁自己也常到乌尔达泉边听这三姐妹的忠告。除了关于神们及奥丁自身的命运以外，诺恩们有问必答。

和诺恩们有关的传说，以诺恩纳格斯塔（Nornagesta）的故事最为有名。这故事的梗概略如下述：

有一次，诺恩三姐妹闲游到丹麦，在一个贵族将生第一子的时候，她们进了这贵族的家，直入了产妇的卧房。第一诺恩许诺初生婴儿将英俊而勇敢，第二诺恩许以其将成为大富人和大诗人。第三诺恩还未及言，贵族的邻人已闻此奇

点评

念念不忘：时刻思念着。形容牢记于心，时刻不忘。

忘记历史意味着背叛，学习历史、从历史中取得借鉴，是人类社会一个永恒的课题。

读书笔记

迹，蜂拥而至，挤满了一室，竟粗暴地将第三诺恩推下了座椅。于是第三诺恩佛然不悦，站起来说道，她的两个姐姐的慷慨是徒然的，因为她将给予这新生婴儿只和床前的小蜡烛一样长的生命。

那小蜡烛已燃烧过半，眼看就要燃尽了。

母亲抱住婴儿，心也碎了。第一诺恩不愿自己的许诺被这样取消，而又不能使她妹妹的话语收回效力，于是取此小蜡烛吹熄之，递给那母亲，吩咐她珍藏，等到将来有一天她的儿子活得厌倦了时，再取出来燃完。

为了纪念诺恩，这个孩子就取名为诺恩纳格斯塔。母亲谨藏着那半截短烛。诺恩纳格斯塔英俊勇敢，大富且为大诗人，一一如诺恩所言。既长成后，母亲就将攸关生命的残烛给他，告知原委，藏于他的琴中。

诺恩纳格斯塔老了，可并不厌倦生活，他的诗人之心常葆青春，勇敢而且活泼。他活了三百多年，直到奥拉夫国王强迫人民信奉基督教的时候，还没厌倦生活。奥拉夫也强迫这位老人受洗礼，而且为了让民众看到命运女神的预言不足信，又强迫诺恩纳格斯塔取出那珍藏了三百多年的残烛来燃烧。不料烛尽之时，诺恩纳格斯塔也

字词释义

蜂拥而至：像一窝蜂似的一拥而来。形容很多人乱哄哄地朝一个地方聚拢。

字词释义

怫然：生气的样子。

点评

此处照应前文：诗蔻蒂是一个脾气暴躁的人，由于众人惹到她，她迁怒于无辜的婴儿。

点评

善良的乌尔德找到解决之道，为婴儿赢得生命，也为自己赢得尊敬。

倒在地上死了。

即使在基督教的时代，命运的权力也还是不可动摇的。

诺恩们有时亦被称为伐拉（Vala），或女预言者。“预言”这种神秘的能力，在北欧人看来，是女子独具的。伐拉们的预言有着至高的权力，且不能询其理由。相传罗马大将德路苏斯（Drusus，奥古斯都皇帝的小儿子）曾遇到一个伐拉，被告以不可渡过莱茵河，后来德路苏斯果遇反攻而大败。伐拉又曾预言德路苏斯的死期，不久之后他果然堕马而死。

这些女预言者又名为艾蒂斯（Idies）、蒂茜斯（Dises）或哈戈蒂斯（Hagedises），大都住在森林里或古墓中，而且常伴随着侵略的军队。她们骑马在先，鼓励战士们冲锋，并从俘虏身上吸取血液。北欧人又相信每个活人都必有一守护灵（Fylgie），伴随他终生，这守护灵或为人形，或为兽形，但除非在将死之时，不可得见。

诺恩比喻的意义是很明显的，但有些神话学者仍将诺恩们视为原始人对自然现象的解释，以为诺恩们是空气的象征，她们所织的网是云，而撕破的网则为被风吹散的云。又有些传说里说诺恩们中的第三诺恩诗蔻蒂是死神或冥王赫尔之化

百科知识

德路苏斯：第一个跨过莱茵河，征服日耳曼尼亚的罗马将军。

字词释义

冲锋：指突入敌阵，以短兵冲杀；作战部队向近距离的目标敌人作迅猛进攻的战斗行动。

我的笔记

身，又有谓诗蔻蒂也是女武神之一。

拓展训练

无可（　）（　）　　生机（　）（　）

无（　）无（　）

延伸思考

1. 诺恩指的是什么人？各叫什么名字？各代表什么自然现象？各有什么样的任务？

2. 诺恩纳格斯塔的名字里藏着什么样的故事呢？

日积月累

同僚　无可避免　告诫　珍视　生机勃勃

永葆新绿　投梭织造　无始无终　念念不忘

蜂拥而至　怫然不悦

第十一章　神之劫难

文前小问号

北欧神话的特点是什么？你对此有哪些了解？请尝试着复述“诸神之黄昏”（神之劫难）这一决战过程，从中品味善与恶决斗的过程，体味生生不息的希望。

北欧神话的一个特点就是那些神总有一天也会死亡。有生必有死，是北欧人牢不可破的观念，连神们也概莫能外。而且北欧神话中的神们都是神种和巨人种的混血，亦即善与恶的混合体，是不完备的、非纯种的，神们的身体里埋藏着死的根源，所以他们也像人类一样，终有一死——经过肉体的毁灭而达到精神的永存。万事万物，即使是神，也不免是善恶杂沓的混合，这便是北欧人的基本观念。

点评

杂沓：众多杂乱的样子。

神是善恶杂沓，人也不例外。每个人都是善恶结合体，我们唯有学会关照内心，释放善念，多做美好的事情，才能建设好自己的心灵品质。

因此，北欧神话的整体结构就变成了戏剧式的，是一步步地走上悲剧顶峰的。在前述的各章中，已经讲到神们的渐盛及渐衰，我们看到神们是如何容纳洛基——恶的代表，居住在他们的阿斯加德；神们又如何软弱地听从了洛基的提议，让他们卷入困难的旋涡，终至牺牲和损害了他们的道义与平和。最后，还让洛基盗去了他们最宝贵的东西，纯洁与天真之人格化——光明神巴尔德。

至此，神们方醒悟到，容忍洛基在他们中间是多么可怕，于是驱逐这恶的代表到地面上，可是已经太晚了。洛基在人间还是作恶，而并不比神们聪明的人类又听从洛基的教唆，一天一天地堕落。神们终于决定将洛基禁锢于山洞中，然而又已经太晚了。

所有这些错误，使神们承认古老的预言必将实现，所谓“神之劫难”（Ragnarok）已经笼罩在阿斯加德了。驾驭着日车和月车的苏尔和玛尼的脸因恐惧而变得苍白，哆哆索索地勉强将车驶过天空，时时回头看那追上来要吞吃他们的天狼。这些天狼越逼越近，不久就要咬到他们了。苏尔和玛尼不再有笑容，因此地面上也变得枯索、寒冷，可怕的无尽的冬开始了。先是漫天飞

读书笔记

字词释义

教唆：怂恿指使（别人做坏事）。

点评

知错就改，善莫大焉。而洛基一错再错，并且不断堕落，终成恶人，惨遭驱逐。我们平时也要用心多观察，靠近仁者，远离恶人，利于自我不断发展。

下雪花，继之从北方刮来咬人的冷风，地面盖上一层厚的冰。这个可怕的严冬持续了整整三季，不但不去，却又延长了更坏的三季。一切可爱的东西都已离开地面，人类为生存所迫，各样的罪恶都在做了。

点评

“咬人”二字采用了拟人的修辞手法，最大程度地体现了北风之冷。

在冥土黑暗的铁树林中，女巨人安格尔波达用杀人者和淫恶者的骨头喂养着芬里尔狼的凶种：哈梯（Hati）、斯库尔（Sköll）和玛纳加尔姆（Managarm）这三条狼。因为杀人和淫恶的罪人太多了，这三条食量可怖的狼被喂得更强壮，张开了血口，更凶猛地追赶驾着日月之车的姐弟二人。

空前的奇祸迫在眉睫了。大地为之战栗，星星从天空跌了下来。被禁锢着的洛基、芬里尔狼和地下冥土的恶犬加尔姆都振作精神，奋力挣扎，将他们身上的铁索弄得震天响，想要摆脱束缚，冲出来报仇。毒龙尼德霍格已经咬穿了生命之树伊格德拉修的根，使这棵巨树的所有枝叶都颤抖起来。高栖于瓦尔哈拉宫顶的红雄鸡高声报警，立刻，米德加德大地上的雄鸡古林肯比（Gullin-kambi，金冠）和尼弗尔海姆中冥王赫尔的红黑两色鸟，都同声应和。

点评

迫在眉睫：形容事情已到眼前，情势十分紧迫。

“勿以恶小而为之。”积少成多，人的品行是日日修养之功，恶也不是一日促成，平时忽视的小，此时汇成巨大的破坏力量，造成危害。

虹桥的守望者海姆达尔看见了所有这些不祥

的事，听到了红雄鸡的锐叫，立刻拿起他的号角吹出那等待已久的报警的尖音，随即全宇宙就都听到这号角声了。号角声刚起，阿斯加德的神们和瓦尔哈拉宫中的恩赫里亚们都从座中跳起，立即全身武装，勇敢地离开神宫，跳上他们奋鬣腾骧的坐骑，潮水般从虹桥上冲过，直奔维格利德旷野。这里便是命运之神预言已久的终末决战的战场。

同时在海洋中，那条盘绕大地的世界之蛇尤蒙刚德也发怒挣扎，激起前所未有的巨浪，不久，这凶恶的尤蒙刚德也游出水面，往维格利德旷野去了。这大蛇所激起的巨浪的一个浪头冲断了命运之船纳吉尔法（Naglifar）的缆索（这缆索是用死人的指甲造的），正好被摆脱了束缚的洛基带领着真火之国穆斯贝尔海姆的全体火焰巨人遇见。他们乘上这条船，洛基掌舵，大船冲破惊涛，直驶维格利德。

另一条大船从北方驶来，赫列姆（Hrym）把舵，满载着全体霜巨人，每个都全副武装，也飞快地开往维格利德，要和神们做最后的决战。冥王赫尔也从地底爬出来了，带着她的恶犬加尔姆，还有毒龙尼德霍格。这条恶龙的双翼上挂满死尸，在战场上飞翔。洛基一上岸，就碰到这些

字词释义

奋鬣（liè）：兽、畜等扬起颈上的长毛。形容奋发或狂怒。

腾骧（xiāng）：飞腾，奔腾；引申为地位上升，官途得意；形容高昂超卓。

字词释义

全副武装：形容对人或对事情准备充分，特指在装备和技术方面的准备。

援军，他带着他们，直赴维格利德大战场。

突然，整个天空都变红了。火焰巨人苏尔特尔扬起了他的火剑，带着他的儿子们，正从天上驰过。他们走上了虹桥，想直冲阿斯加德，可是他们燃烧的马蹄太沉重了，只听一声响彻宇宙的巨响，虹桥断了。

神们知道他们的末日到了。而且他们的无准备无远见，使他们的处境不利：奥丁只有一只眼；提尔只剩一只手；弗雷没有刀[1]，只能拿一只鹿角作兵器。虽则如此，神们却都很镇定，毫无惧色。奥丁抽空先到乌尔达圣泉边看一看，只见诺恩三姐妹坐在凋零的伊格德拉修树下，脸罩着薄纱，悄悄地没有一点声息；在她们旁边放着一张破碎的网。奥丁在看守智慧之泉的老巨人密弥尔耳边说了几句话，就又赶回维格利德战场。

现在两军的人都到齐了。在这一边是坚定的亚萨神们、伐纳神们和恩赫里亚们，另一边则是闹哄哄的一群：火焰巨人苏尔特尔、狰狞的霜巨人们、赫尔的死白色军队、洛基和他的妖魔帮手——恶犬加尔姆、芬里尔狼和巨蛇尤蒙刚德。

点评

“毫无惧色”写出诸神面对灾难的镇静。他们知道当困难来临，怕没用，唯有团结起来，勇猛投入战斗，方有取胜的可能。

读书笔记

---

① 他的胜利之刀已经给了史基尔尼尔，为的是报答他的说亲之功。

这最后两只巨兽喷出的火烟和毒雾，弥漫了整个宇宙。

无数的陈年旧恨现在一齐迸发。两方的人都出死力相拼。奥丁敌住了芬里尔狼，托尔对付巨蛇尤蒙刚德，提尔和恶犬加尔姆战成对手，弗雷和苏尔特尔、海姆达尔和洛基战在一处，其余的神和恩赫里亚们也尽显威武。但是命运早已指定神们必得失败。首先是奥丁被杀死了。由芬里尔狼所代表的恶的潮流，即使是奥丁也抵挡不住。芬里尔狼越斗越勇，身躯也越来越大，直到最后，它的血口上撑着天，下挫着地，将奥丁活吞下去。

没有一个神能够抽身救奥丁。弗雷虽然勇武，可是被苏尔特尔的火剑刺中了要害。海姆达尔稍占上风，可当他一刀砍死洛基的时候，自己也伤重而死。提尔与恶犬加尔姆也是同样的结果。托尔和巨蛇尤蒙刚德恶战半晌，终于一雷锤打死了这妖魔，可是巨蛇身上喷出的血潮也将托尔毒死。

维达尔从战场的一角冲过去要报父仇。古老的预言现在又要应验。维达尔准备了很久的厚靴子现在起了作用。他的独脚踏住芬里尔狼的下颚，两手用力抓住它的上颚，用力一扯，将这怪

字词释义

迸（bèng）发：意思是一起爆发出来，就好像是说力量似的一下子爆发出来，前所未有的，是内部力量。

百科知识

上颚：指哺乳动物口腔顶部。它将口腔和鼻腔分开。包括硬腭和软腭两部分。

下颚：下颚是人脸上最大的，最强的和最低的骨骼。它形成下颌并将下牙固定到位。下颌骨位于上颌骨下方。它是头骨中唯一可移动的骨头。

兽撕成了两半。

然而此时，其余的神祇和恩赫里亚们，死伤将尽；突然巨人苏尔特尔挥动火剑乱舞，天、地和冥土三界都立刻充满了火焰。生命之树伊格德拉修也化为灰烬，火焰又延烧着神们的金宫。大地成为一片焦土，海洋里的水沸腾蒸发。

这场恶火，烧尽了三界的一切，善与恶同归于尽。大地焦黑残坏，慢慢地往沸滚的海水中沉下去。世界末日果然到了，混沌的黑暗笼罩着宇宙。

点评

这场诸神黄昏之战，通过叙述、描写、评议，揭示战争之残酷。通过阅读，激发我们对战争的残酷与人性进行反思，唤醒内心的善良，创建和平、和谐的美好社会。

但是，北欧人的想象并未就此结束。他们相信，苏尔特尔的大火虽然烧毁了世界，却也烧毁了一切的恶；此后，从“恶的废墟”上将会有新的善产生，世界将重生，幸免于大难的神——第二代神们将重整神宫，永为世界的主宰。

于是，在北欧人的想象中，经过了不知多少时候，火烧的大地渐渐冷却，从海里浮起来，像洗了个澡一样清新；日光再度照临这苏醒的大地，苏尔的女儿继承其职，驾起日车在天空中巡行。这第二个太阳没有第一个那样炎热，所以无须用盾隔离它的热度。这更温和的阳光使地面重又披上一层绿衣，花和果实再度繁荣茂盛。两个人类，女的叫利弗（Lif），男的叫利弗诗拉希尔

拟人

苏醒：从昏迷或沉睡中醒过来。这里将大地比作有生命的东西。

(Lifthrasir)，现在也从密弥尔在树林中的藏身处中钻出来了。他们做了这醒来的大地的主人，传承第二代的人类。

一切代表着逐渐发展的自然力的神都在那场大灾难中死了。但是伐利和维达尔，这两位代表了自然之不灭的神，并没有死，现在回到了从前神们游戏的场所——伊达瓦尔德平原。在那里，他们遇到了玛格尼和摩迪，已逝的雷神托尔的儿子，"力"与"勇敢"之人格化。他们还保存着父亲的武器——雷锤。

早先住在伐纳海姆为质的海尼尔也回来了，而且从黑暗的冥土，那被万物所爱的巴尔德和盲眼的霍德尔又归来了。这两兄弟已经和解了，过去的错误都被宽恕，现在光明和黑暗和谐地同住着。

这一小群神踟蹰于神宫的故址，突然看见最高的神宫津利(Gimli)还是巍然无恙。它那宛如日轮的金顶正反射着耀眼的光芒。于是就在这座宫殿里，神们再建了第二代的阿斯加德。

"神之劫难"这个故事，也可以从另一方面来解释。我们知道在太古时代，地球上各处都经历过冰川、洪水，以及火山爆发等事件，所以各民族的神话中都有世界毁灭及再造的故事。在北

读书笔记

字词释义

踟蹰(chíchú)：意思是指徘徊，心中犹疑，要走不走的样子。

巍然无恙：原指人平安没有疾病；在现代汉语中泛指事物平安未遭损害。

点评

"火光漫天"表明北欧人对光明的渴望，也从另一个侧面阐明"诸神之黄昏"传说的由来。

欧，对洪水的印象大概没有火山爆发来得那么深，所以北欧没有世界洪水的神话，而有火光漫天的“神之劫难”的传说。

读书笔记

但正如我们在第一章中说过的，北欧神话过早地受到了基督教的侵犯，尚未达到完具而即消亡，所以“神之劫难”虽似结束了奥丁等第一代神，却使我们想到原来北欧或许尚有关于维达尔等第二代神的故事。如果没有基督教势力的侵入，也许“神之劫难”正是“第二代故事”的开始，而非“第一代故事”的结束。

基督教的信徒想利用“神之劫难”使北欧的原始信仰与基督教的信仰相互妥协，也是可以从《小埃达》中看出来的。《小埃达》在述及“神之劫难”以后，附有一诗，则说奥丁等神死后，有一个至高无上、不可名状的神成为世界的主宰，使善者得福，恶者得祸；又谓别有二天宫，以居巨人族和侏儒族，因为此二族也不过遂行命运之前定，初非大恶，在新的主宰世界之神的面前，巨人和侏儒也应享受同等待遇。

字词释义

不可名状：不能够用语言形容。

《大埃达》和《小埃达》均出于基督教徒之手，故此诗中所谓至高无上、无可名状之神，当指基督教之上帝。似乎基督教徒保留了北欧原始信仰的前一部分，而利用“神之劫难”的故事轻轻地将基督教信仰衔接上去。因此北欧原始信仰的后面部分——如果有的遂从此湮没消失了。

拓展训练

我的笔记

说一说：

善与恶的混合体　悲剧顶峰　洛基的教唆　战战兢兢　日月之车　报警的尖音　奋鬣腾骧的坐骑　闹哄哄的一群　生命之渴望　自然之不灭的神　世界的主宰

写一写：

万（　）万（　）　战战（　）（　）

（　）在（　）睫　奋（　）腾（　）

毫无（　）（　）　（　）（　）无恙

延伸思考

1. 诸神对待洛基的态度是什么？从“太晚”一词中，你明白了什么？今后的你在遇到问题的时候会怎么做？

2. 奥丁是如何战死的？从他的身上，你学到了什么？

3. 大地是怎么重生的？关于这一话题，与中

我的笔记

国的神话故事有何异同？

日积月累

万事万物　善恶杂沓　旋涡　醒悟

教唆　堕落　禁锢　漫天雪花

迫在眉睫　束缚　奋鬣腾骧　全副武装

毫无惧色　闹哄哄　弥漫　宽恕

巍然无恙　踟蹰